講談社文庫

追懐のコヨーテ

The cream of the notes 10

森 博嗣
MORI Hiroshi

講談社

まえがき

毎年十二月に発行されるショート・エッセィ集の、今回が十冊めになる。世の中では十進法が支配的なので、キリが良いとか、節目だとか、勝手に思ってもらってもけっこうだが、作者自身は特になんとも感じていない。毎回、タイトルを考えるのに一番時間がかかっていることだけは共通しているし、一貫しているといえるかもしれない。

この頃、小説以外の本が売れるようになってきた。特に電子書籍がよく売れる。皆さん、小さなモニタで読まれているのだ。そうなると、見開き二ページに拘《こだわ》っても、既に意味がないような気もしている。もっと短いエッセィを書く必要があるのかな、とも。

小説というのは、物語が続いていくわけだから、どんどんいくらでも展開できて、執筆に困ること、行き詰まることがない。だが、エッセィは、それなりにアイデアが必要だし、だらだらと書き続けられない。小説よりも、執筆にエネルギィが必要なのだ。

もともと、小説は売れるがエッセィは売れない、というのがこの業界の常識だったので、職業として作家を選択した僕は、必然的に小説家になったわけだが、特に小説には拘っていない（それどころか、作家にも拘っていない）。頼まれたものを書く、というスタンスでデビュー以来ずっと真面目に謙虚に仕事をしているだけである。

とはいえ、執筆依頼は今も後を絶たない（表現に棘がある？　歯止めがかからない、の方が良いだろうか？）。こんなテーマで書いてほしい、と出版社からメールが来るものの、印税などの条件を提示し、発行予定としてノミネートされるのは三年以上さきである。つまり、三年さきまでスケジュールが決まっている状況で、ありがたいといえばありがたいが、ありがたくないといえばありがたくない、どっちなのか複雑な心境である。だいたい、世の中で「複雑な」といわれるものの九割は「単純」をいい間違えているだけなので、その意味でも複雑だ。「複雑は単純が生む」との格言を今思いついた。

前回は、珍しく時事ネタを取り入れ、ウィルス騒動について書いたが、今回はどうしようか、もういい加減飽きたというのか、自分は蚊帳の外（表現が不適切かつ不謹慎）で、身が入らない心境だ。生活にはなんの変化もなく、何一つ我慢も自粛もしていない。少しは刺激が欲しいと思うほどだ。ワクチンを打つ意味が僕にはない。

というわけで、シリーズ十巻となり、続きをどうしようかな、などと思案している。ここで一区切りした方が、電子書籍でシリーズ合本としてまとめることができるな。「ツ」で始めるのをやめて、「シ」にしても良いだろうか。「しぶがきのクリーム」とか？

contents

1 「元気が良い」とは「大声を出して喧《やかま》しい」ことではない。 22

2 「不要不急」を見分ける唯一の方法について。 24

3 やる気が出ないのは、やる気がないのか、やる気を出す気がないのか。 26

4 仕事をしている人は、遊んでいる人よりも偉い、という不思議な価値観。 28

5 お菓子の封が上手に破れない。「だったら食べなければ」と奥様に言われる。 30

6 色の感覚が、周囲の人たちと一致しない、と常々感じて生きてきた。 32

7 「全力を尽くします」というのは、本当のところ、どういうことか。 34
8 「引導を渡す」といいたいところを「印籠《いんろう》を渡す」といい間違える人がいる。 36
9 「その予定はない」を「考えていない」と言ってしまう日本人気質について。 38
10 「平和憲法」という呼び名は、どうもしっくりこないと思うが、いかがか。 40
11 高効率を目指した「都市化」によって失われたものに、みんな気づき始めた。 42
12 森博嗣の静かな生活。 44

13 必要なものは買わない、欲しいものだけを買う、という生き方。 46
14 「方法」の特徴は、どうでも良い、語ることができる、真似ができる、である。 48
15 「嘘つき」とはどういう人のことか。 50
16 金儲けはしたいが感染は怖い、という「複雑な気持ち」って何? 52
17 言葉が響く必要があるのは、政治家ではなく、役者か作家だろう。 54
18 「私の考え」というけれど、その人が考えたのではなく、ただ選択しただけ。 56

19 「酒禁止」の指示に、「酒が悪いと名指しされた」と反発する人たち。 58
20 「しめしめ」と含み笑いする人を見たことがあるか？ 60
21 「ネタばれ」なしで感想が書けないのは具体的なことしか考えられないから。 62
22 「仕事」というのは、つまり「罰ゲーム」である。 64
23 「外連味《けれんみ》」があっても褒《ほ》められ、なくても褒められる不思議。 66
24 「私たちに今できることは何か？」よりも、「今できないこと」を考えよう。 68

25 あまりにも「みんなで一緒に」という意識が強すぎる気がしますが、いかが？ 70
26 「幻想的」というのは、「写真みたいな」という意味なのか？ 72
27 「東日本大震災」から十年が経過した。人々は何を学んだのか。 74
28 毎日、なにかを運転しているが、これが僕の趣味なのかもしれない。 76
29 その人にとって不都合な理屈は、「屁理屈《へりくつ》」と呼ばれる。 78
30 「また同じことを」と感じて受けつけないことが、また同じである。 80

31 「こんなにアップしました」というのは、そのまえにダウンしていたから。 82
32 「大人気」は、「おとなげ」なのか「だいにんき」なのか。 84
33 「ベストセラ作家」と今も書かれるが、どれくらいが「ベスト」なのか。 86
34 「接待を伴う飲食店」でない飲食店では、接待が伴わないのだろうか？ 88
35 「金にものをいわせる方法」という本を書きたかったが、当たり前すぎた。 90
36 「エクスキューズミー」と「アイムソーリィ」を謝る言葉として習ったが。 92

37 大衆娯楽は、すべて個人の趣味になる、という大きな流れ。 94
38 「経済を回す」ことにやっきになる人たちは、明らかに空回りしている。 96
39 「問題」作成や「ミステリィ」執筆で大事なのは、受け手のレベル想定。 98
40 昨年は、クラシックカーを買い、小屋を建て、蒸気機関車が完成した年だった。 100
41 火星でヘリコプタが飛んだのには正直驚いた。久しぶりに快挙だと思えた。 102
42 部品の分厚いカタログを一ページずつ眺めることが大好きだった。 104

43
「考えさせられました」ほど、なにも考えずにいえる言葉はない。
106

44
「前を向いて進むしかない」というが、その方向が間違っている場合がある。
108

45
ワクチン予約で顕在化した、老人たちの浅ましさは、見たくなかったかも。
110

46
あなたは、誰に諂《へつら》っていますか？
112

47
マスコミは「人を集める」ことが目的だから、「密禁止」で困ってしまった。
114

48
「持続可能な」という言葉が頻繁に聞かれるようになった昨今だが……。
116

49 とはいえ、思っていたよりも改善している社会・環境問題が幾つもある。 118
50 謝罪するというのは、「誤解を招く」ことが悪いからなのか？ 120
51 「断腸の思い」を一度も体験したことがないが、どうしてかな。 122
52 馬鹿は、「馬鹿な真似」をしているわけではない。 124
53 僕の庭仕事は、春と秋が忙しいけれど、春の方が多種にわたって複雑である。 126
54 どうして「みんなで一緒に」という発想になるのか、みんなで一緒に考えよう。 128

55 水遊びはさせるのに、火遊びはさせないのは、どうしてだろうか？ 130
56 意見に反論するときに、相手の人格を攻撃することについての是非。 132
57 「できます」「可能です」という言葉が、文系と理系で意味が異なっている。 134
58 「口走る」という行為は、意識的にできるものではない。 136
59 オリンピック選手に対して、出場を辞退するように訴えた人たちについて。 138
60 もちろん、仕事だからといって見下げて良いというわけではない。 140

61 「割引」というものにまったく興味がない人間になったのは何故だろうか？ 142
62 「印象操作」というものを知りたかったら、ニュースのタイトルを見れば良い。 144
63 ほんの僅かな温度の範囲でしか、人間は生きられないという不思議さ。 146
64 ほんの僅かな時間の範囲でしか、人間は生きられないという不思議さ。 148
65 但《ただ》し書きはもの凄く小さい文字で書かれているのと同じで、普段は話さない。 150
66 材料を揃えるために調べているときが一番楽しい。未来の可能性が見える。 152

67 三頭の怪人が現れたら、真剣に話をしていろいろなことを質問してみたい。 154

68 大きいけれど赤ちゃんは、もう赤ちゃんではなくなったが大きい。 156

69 不要不急の髭剃り、不要不急の自慢、不要不急の見栄、不要不急の着替えなど。 158

70 ものを買うために出かけていく時間がなくなった、という合理化の大きさ。 160

71 「芝生の哲学」について語ろう。 162

72 「調子が出ない」と口にする人が多いけれど、その多くは「調子がない」である。 164

73 「論理が破綻している」という場合、多くは基本データに間違いがある。 166
74 無関係なものを「理由」として持ち出すことがとても多いので困る話。 168
75 オリンピックをやるかやらないかの議論は、十年遅い。 170
76 「情熱」が自分にあると感じたことは一度もない。情熱って、欲望とどう違う？ 172
77 図書館という存在は、今はパソコンやスマホの中に存在している。 174
78 小説とエッセィの執筆はどこが違うのか？ 少し考えてみた。 176

79 もし挨拶というものがなかったら、何を話せば良いか考えるようになる？ 178
80 森博嗣に関する間違った呟きに抗議はしませんが、少しだけ修正しましょうか。 180
81 「散らかし術」についてなら、本が書けるかもしれない（本気にしないでね）。 182
82 美しい自然の景色に囲まれて暮らすより、その景色が自分の庭の方が良い。 184
83 「勝つ」とか「戦う」といった言葉をつい使う年代は、自分の古さを自覚しよう。 186
84 憎まれ口を叩くことで、相手にとって有益な情報を伝えられる場合がままある。 188

85 ダイエットばかりが持て囃されるのはどうして？　断捨離も同じ理由？ 190
86 スバル氏は聞き上手で、自分のことは話さない。 192
87 日本の子供たちが「最初にお役所仕事」を体験する場こそ、小学校である。 194
88 「諦める」ことについて、最近少し考えた。僕は諦めたことがあるだろうか？ 196
89 ついでに、「逃げる」ことの重要さについて、念のために語りましょう。 198
90 最近、楽しいことばかりが僕を取り囲んでいて、その外側が見えないほどだ。 200

91 ニュートラル・スタンスというものを、もう少し理解しても良いかもしれない。 202
92 「中途半端」というのは、それほど悪い状態ではない、と思うようになった。 204
93 「持続可能な思考」というものを最近考えている。これは有用だろうかと。 206
94 「ダブルスタンダード」というものを日本人も意識し始めたみたいだ。 208
95 周囲から「これが得意なんでしょう?」と言われることが、だいたい苦手である。 210
96 透明性、公開性、そしてデジタル化は、「水に流せない」社会へのシフトだろう。 212

97 許容できるものは許容し、できないものからは離れる。それが自然である。 214
98 夢が達成される瞬間というものはない。夢に近い状態への漸近《ぜんきん》か維持があるだけ。 216
99 さて、仕事は今後どうしようかな……、とこんなときにしか考えない。 218
100 三月に書くより五月に書く方が、なにかしら明るくて抽象的になっているかも。 220
まえがき 2
解説 清涼院流水 222
著作リスト 230

追懐のコヨーテ
The cream of the notes 10

1 「元気が良い」とは「大声を出して喧《やかま》しい」ことではない。

「元気」というのは、近い言葉にすると「健康」や「体調良好」や「やる気満々」のことらしい。当然ながら、それらは自分自身が感じるものであり、自分に対する評価だ。ところが、外部から「元気がないな、お前」などと非難されること夥《おびただ》しい。そこで、外部に対して「元気がある」ような振りをする人が多くなった。人から非難されることは、現代社会において自身の不利益となるからだ。そういうわけで、大人だけでなく、子供も皆、元気が良い振りをして、良き社会人であろうとする。涙ぐましいことではないか。

問題は、外部にわかりやすい元気の示し方にある。さっさと仕事をしたり、テキパキと働けば良いのだが、そうではなく、単に声が大きい、大袈裟《おおげさ》に動く、表情が豊かである、といったサインに頼って元気の良い人になったつもりなのだ。こういうのは、第三者として観察すると、単なる馬鹿ではないか、となる。大人でも子供でも同じだ。特に子供の場合、僕は物静かな子供の方が好きで、そういう子供が一生懸命になにかに夢中になっている姿を見ると、「賢くて元気だな」と思い、微笑《ほほえ》ましく感じるし、応援したくなる。

僕の場合、元気は自分がなにかをするときのバロメータだが、元気があるときは、やりたいことに没頭し、人と話などしないし、声を出すこともないし、多くの場合、静かでそれほど活動的には見えない。だが、元気があって、頭は回り、つぎつぎと問題を解決し、さらに新しいチャレンジを思いつき、そのまま活動していると疲労してしまうので、むしろ行動の方はセーブしなければならない状態、こういうのが僕の「元気」である。

それは、「社会の元気」でも同じだ。だから、たとえば、テレワークになって、会社や学校に集まらないようになっても、「寂しい」とか「元気がなくなる」なんて発想には全然ならない。むしろ、余計なおしゃべりや余計な人間関係に縛られず、本当に元気が発揮できる環境になるな、と考える。こういう人間は少数なのだが、僕はそちららしい。

だから、飲み会をしないと元気が出ないとか、顔を見ないと寂しいとか、そういう大勢の人たちの嗜好《しこう》が、どうもよくわからない。多数派なのは理解しているけれど、「きっと気のせいだろう」とか「そう思い込んでいるだけだろう」くらいにしか見てない。

このような方法で、部下たちの元気を出すような指導者というのは、戦《いくさ》の前日に酒を飲ませて「えいえい、おう！」と雄叫びを上げさせた戦国時代のリーダであって、現代社会、あるいは未来においては、文字通り時代遅れとなるだろう。これまでは多数が必要だったから、多数派に合わせていた。今後は、少数で充分なので、少数派が重んじられるはず。

2 「不要不急」を見分ける唯一の方法について。

最初に断っておくが、コロナ騒動とは無関係だ。また僕は、不要不急の外出を控えろ、などと無理な要求をする立場でもない。正直に書くと、「勝手にやったら?」である。

「不要不急」を排除しようとするとき、簡単な方法がある。これは、共産主義の社会では成り立たないが、資本主義の社会では、ほとんど唯一の方法といえる。これ以外には、「罰則」や「罰金」なるものを持ち出さないかぎり不可能だろう。

それは、その用事のために必要なアイテムの値段を釣り上げること、である。たとえば、「不要不急の外出」を排除したかったら、鉄道やタクシーやバスやガソリンの値段を五倍くらいにすれば良い。そうなると、なんとなくどこかへ行きたい、という気持ちが失せる。どうしても必要な人は、高い費用を支払って外出することになる。そういうのは、おそらく「不要不急」ではない。会社が出勤や出張の費用を出してくれるなら、それは大事な仕事なのだろう。五倍で駄目なら、十倍と上げていけば良い。しかも、利用者が減っても、交通機関を運営する側は儲《もう》かるから、経済はある程度は回るだろう(経済が回ることが必要火急だと思う人が多いようだが、僕は止めても良いと考えている）。飲食店も、値段を五倍にすれば、どうしてもそれが食べたい人だけが来るだろう。飲んでほしくない場所では、酒の値段を五倍にすれば人数を減らせる。そういった値段にしなければならない、というルールを作るだけだ。

このような操作は、既に社会で行われている。たとえば、ブランドものが高い値段に設定されていたり、「高級」と冠する商品（住宅や車など）は、その値段で「不要不急」を排除している。実は、酒もガソリンも税金で高くなっている。どうしても欲しい、という好意的で積極的な人だけが購入する。経済が止まっていない証明といえるだろう。

このような話を書くと、「貧乏人は我慢しろということですか？」という反論が必ず来る。答は、「はい、そのとおりです」だ。今既に、貧乏人は我慢しないと生きられない社会になっている。誰もが、そんなことは重々承知しているはずだ。自由主義、民主主義、資本主義というのは、いうなれば、「金にものをいわせる」社会にほかならない。

「金にものをいわせる」のは、それほど悪いことではない。「人種」「性別」「血統」「学歴」「身分」「権力」などにものをいわせる社会から脱却するために、はるかに平等であり、誰でも努力をすれば手に入れられる「金」の社会になった。ただ、倫理や平等の精神から、福祉的な仕組みはもちろん必要である。それは、また別の話だ。

3 やる気が出ないのは、やる気がないのか、やる気を出す気がないのか。

「やる気」という意味不明な言葉を子供の頃から教え込まされているため、多くの人が、そういう気持ちがあるように誤解しているようだ。僕も、若いときはそうだった。しかし、長く生きてくると、やる気があったからやれたわけではなく、やっているうちに、やる気が自然に湧いてくる、ということが経験できた。この「やる気」というのは、単に「好奇心」「楽しい」「面白い」といった感覚であって、物事を実行するための活力のようなものではなく、単に、どこを見ているか、何に焦点を当てて考えているか、というだけの話なのだ。したがって、「やる気」というのは幻想、あるいは錯覚にすぎない。

やらなければならないと理解できていても、今ひとつ実行に移せない、行動がスタートしない、という「怠惰」は、誰でも習慣的にある。その原因は、「今やれば、有利だ」という理解が不足しているか、「まだ怠けていても損は小さいだろう」という楽観的な判断ミス、つまり思考力不足のいずれかであり、ようは能力不足に起因している。

それなのに、自分は能力はあるが、「やる気」が出ないからできないのだ、と解釈しようとする、あるいは、解釈してもらおうとする。「やる気」のせいにする、ということ。これは、たとえば、「神様がまだやるなとおっしゃっている」という戯言《ざれごと》とほぼ同じであり、いうなれば「危ない人」か、「怪しい人」と見なされてもしかたがない。

そもそも存在しないものを出そうとする。実行するためには、「やる気」が出なければならない、と思い込んでいるから、ありもしないものを出そうと無駄な努力をする。そうではなく、やる気などないまま、実行すれば問題は多くの場合解決するのだ。やる気を出す工夫をするよりも、やる気のないまま「いやいやでもやる」ことの方がずっと簡単であり、勉強も仕事も、だいたいこれで上手くいくし、社会でも無事に生きていけるだろう。

もっとも、精神的な問題ばかりではない。躰《からだ》がだるい、頭がぼうっとしている、といった肉体的な障害で、実行できない場合もある。だから、「やる気」よりは「体調」をコントロールする方がずっと重要だ。僕は、寒いとやる気が出ないので、まずは暖かくすることに気を遣っている。自分をよく観察し、コントロール方法を編み出そう。

勉強や仕事は、いやいやれば済むが、自分が好きな趣味のもので、やる気が出ないときは、体調を整えたうえで、まずは情報を収集し、対象について詳しく調べることが「やる気（らしきもの）」を育《はぐく》むコツだ。この場合は、「好奇心」を高めるような感じになるだろうか。趣味は、やらなくても良いものだからこそ、やる気がないとできない。

4 仕事をしている人は、遊んでいる人よりも偉い、という不思議な価値観。

はっきりいって、これは古い感覚だろう。あるいは、都会的ではなく田舎の風習かもしれない。僕が子供の頃には、この感覚が支配的だった。仕事をすることが人間に与えられた使命のようなものであり、仕事をしている人はそれだけで立派な人間だと見なされた。この感覚から、男尊女卑の思想が導かれていたようにも見えた。女性が社会的な地位を確立するためには、女性も仕事をするべきであるとの理屈だ。

たとえば、会社へ出勤する人は、遊ぶために出かける人よりも優先されるべきなのか。遊ぶのは不要不急で、仕事は必要な行為だ、といった感覚が今でもたしかにある。これも古い。古いだけではなく、間違っている。僕は、むしろ逆に捉えているくらいだ。

仕事をする人は、自分が金を稼ぐために行動している。その意味で、基本的にエゴである。社会のため、経済を回すため、日本を元気にするため、などと綺麗事《きれいごと》を持ち出すけれど、ようは金のためではないか。否、金のためが悪いのではない。それは、美味《おい》しいものを食べたい、好みの人と良い関係になりたい、みんなから羨《うらや》ましがられたい、ちやほやされたい、などと同じ願望であり、つまり自己満足が目的のエゴである。家族を養うため、というのも、もちろんエゴだ。エゴは、悪いわけではない。ただ、偉くはない。好き勝手に生きたいという当然の願望、普通の欲求である。だから、偉くはない。普通だ。

遊んでいる人は、もちろんエゴである。自己満足を追求している。誰かのためにやっているのではないし、どちらかというと、周囲から煙たがられるような抵抗の中で、後ろめたさを感じながらやっている。仕事をしている人と、まったく同じく偉くはないけれど、ただ、偉そうにしていない分、少し偉いと僕は感じる。つまり、仕事をしている人間が、「俺は仕事をしているんだからな」と威張っているのが、鼻につき、マイナスポイントとなるので、遊んでいる人の方に肩入れしたくなる、というわけである。

義務と権利を持ち出す論理の多くは、仕事は義務であり、遊ぶのは権利だ、権利を主張したかったら義務を果たしなさい、と説く。だが、仕事も遊びも、義務ではなく権利だろう。単に、仕事の多くは共同作業で、チームがあり上司がいて、上から指示を受けるから、局所的に「義務」のような束縛を感じるというだけの話である。嫌だったら、いつでも辞められる。したくなければしないでも良い。無職であっても国民の権利は損なわれない。仕事は全然義務ではない。自由に、自分勝手にしたいから仕事をしているだけだ。

大人は仕事をしているから偉い、と子供たちに思わせているのも非常に問題である。

5 お菓子の封が上手に破れない。「だったら食べなければ」と奥様に言われる。

この「お菓子の封問題」は、もう何度か書いている。メジャなメーカの有名なお菓子は問題ない。名もないお菓子、お土産物のお菓子など、中小メーカが作っているお菓子の封が、あまりにも破りにくい。破ると、お菓子も破損する。ハサミが必要になるのだ。

これは、僕が不器用だからであり、年寄りだからではない。若いときから、この問題と向き合ってきたので、ライフワークといっても過言ではない(少し過言だと思うが)。

奥様(糟糠《そうこう》の妻であり、あえて敬称)に相談する(というよりも、理解を求める)と、「それは君だけの問題だ」と跳《は》ね返される。「食べなければ?」などと言われる始末。

僕が主張したいのは、お菓子のメーカが、多少は気を遣って、破りやすい封を工夫する努力をしてほしい、ということ。大勢に食べさせて、実験をしてもらいたい。絶対に改良するべき点が見つかるはずなのだ。ユーザフレンドリィな製品を心がけてほしい。

この問題は、僕の父も、同じことをしょっちゅう訴えていた。彼は、老人向けの施設に入居したが、お菓子を食べるためにハサミが必要だった。だが、ハサミはその施設では持ち込み禁止になっていて、それでは好きなときに食べられない、と揉《も》めていたのだ。

これ以上、この問題を具体的に書かないでおこう。いろいろなケースがあり、それぞれに事情もあるだろう。小さな問題かもしれない。でも、最近は個別包装が一般的になり、問題はますます大きくなっているのだ。

さて、ブレーキと間違えてアクセルを踏んでしまって事故が起こる。オートマティックの自動車が出始めた頃から、このトラブルは発生している。この種の問題に対して、僕の奥様のように、「だったら運転しなければ?」と言ってしまう人が多いかもしれない。僕は、そうは考えない。この場合もお菓子と同じで、メーカが工夫をすべきだ。そんなに簡単に間違えてしまうような機構に問題があることは明らかなのだから、機械的、つまりハード的に解決すべき課題である。ようやく、最近になって、この問題を防ぐ機構が幾つか提案され、製品に反映されつつあるようだ。でも、まだオプションだったり、一部の車だけだったりする。もっと、全車を対象に、政治的な規制を行うのが筋だろう。

ソフトクリームを持って食べていると、クリームを落としてしまうことがある。僕の父は、これを「デザインが悪い」と僕に教えてくれた。落としてしまう人が悪いのではない。お菓子が食べにくいのも、ブレーキを踏み間違えるのも、本人はわざとやったのではない。責任はデザイン、つまり設計にあり、作り手の思想の問題なのである。

6 色の感覚が、周囲の人たちと一致しない、と常々感じて生きてきた。

話をするのは、主に奥様（あえて敬称）だが、彼女からは、「君の言う色を信じてはいけない」だそうである。主に、「オレンジ色」で対立することが多い。僕のオレンジは、彼女のイエローか赤だ。また、僕の紫色の一部は彼女のピンクでもある。

日本のニュースをネットで見ていると、川が増水した様子を「茶色の濁流が」と報じている。だが、どう見ても、それはイエローだし、百歩譲っても黄土色《おうどいろ》である。茶色というのはブラウンのことで、もっと赤いはず。茶色の濁流なんて、僕は見たことがない。たいていの場合、子供の頃に色の感覚が身につく。そのとき、子供が持っているクレヨンとか色鉛筆の色数の多さも影響するだろう。僕が子供のときは、色数が少なかった。たとえば、子供は空を水色で塗り、太陽を赤く描く。誰が教えたのか知らないが、日本の伝統のようだ。空は水色のこともある。しかし、太陽が赤いなんて全然おかしい。僕は赤い太陽なんて実際に見たことがない。夕焼けのときはオレンジ色だが、普段は、黄色か白である。太陽を白く描く子供は正直だと思う。僕は幼稚園児のとき、是非ともそうしたかったが、先生が変だと言うので、妥協して黄色にしていた。社会性があったようだ。「真っ赤な太陽」という言葉はある。それは、たぶん文学的誇張だし、非現実だから面白いというだけだ。そうでなかったら、「赤」の定義がみんなと違うことになる。

子供に樹を描かせると、葉は緑、幹は茶色が多い。葉はいろいろな緑があるが、多くは黄緑だろう。針葉樹などは深緑が多い。季節によっても、もちろん変化する。だが、幹が茶色というのはやや不自然だ。茶色の樹なんて、あまり見かけない。サルスベリは、そうかもしれない。森にある樹の幹は、多くは灰色だったり、もっと黒っぽい。

土の色もさまざまだ。茶色の土は、「赤土《あかつち》」と呼ばれている。地表が茶色のところはほとんどない。たとえば、ジオラマを作るときに地面を茶色に塗ったら、地球外の惑星に見えること請け合いである。地面は、もっと白っぽく、少し黄色っぽい。

最近は、人種差別が大きな問題になっているから、「肌色」も使えなくなった。あの色は、ピンクと白の中間だったが、もちろん、そんな色の人は、日本人には少ないし、白人でも滅多にいない。金髪と呼ばれる髪の毛も、どうみても金色ではない。これは、青信号が青ではなく緑なのと同じだろうか。どうして、ここまで色の命名が狂うのか。

そうそう、日本人には森は緑だと認識されている。これは、ヨーロッパでは通用しない。森はブラックだ。それから、海もブラック。太陽も地面もイエローだ。

7 「全力を尽くします」というのは、本当のところ、どういうことか。

僕がこの言葉を聞いてどう解釈するのか、というと、せいぜい「やります」と同じである。政治家が、なにか問題に取り組むときなどに、インタビューに答えたり、あるいは演説したりするときに、「全力を尽くして」というフレーズを連発する。言葉の意味を理解して使っているのだろうか、と心配になる（と書きながら全然心配などしていないが）。

何故なら、「尽くす」というのは、そこに集中させて、すべてを使い切るという意味だからだ。したがって、全力を尽くしたら、それで力が尽きることになって、ほかのことは回復するまでできない状態になる。たとえば、首相が「○○問題に全力を尽くす」とおっしゃったら、「いや、ほかにも沢山やることがあるでしょう。大丈夫ですか？」と問い返さなければならないだろう。その事案のみで力を尽くしてしまわれては困る。

だから、「全力で」と言う方が正しいだろう。これならば、「そこそこの力で、その場かぎりの力を込めて」と解釈できる。人によっては、「全力投球で」と野球にたとえる人もいるけれど、ピッチャだって、いつも全力では投げない。一流なら、「緩急自在」のピッチングをするものだ。首相にも「緩急自在に取り組みたい」と言ってもらいたい。

「できるかぎりのことをする」については、以前にも書いた。これは、「その場、そのとき、その立場、その環境で、もし可能なら実行する」という意味だから、「力」のいる行為ではない。判断力の問題になる。普通、誰もいつもできるかぎりのことをして生きているので、当然といえば当然だ。赤ん坊だって、毎日できるかぎりのことをしている。

「万難を排して」というフレーズもよく用いられるが、これは、「あらゆる障害を取り除いて」という意味である。実行するために障害となっているものをすべて取り除きましょう、という意気込みを示した言葉だが、ようは「実行する」という意味しかない。もし万難を排さずに実行可能なら、それは障害ではなく、万難には含まれないからだ。そういう綺麗な言葉よりも、「無理強いしてでも」くらい言ってほしいところである。

しかし、「全力を尽くす」と言いながら、未だ解決されていない問題がもの凄《すご》く残されている。それはつまり、全力を尽くさなかったのか、それともその程度の全力だったのか、いずれかの結果だと判断しても良いだろう。早めに見切りをつけるべきだ。

僕は、自慢ではないが、これまで全力を尽くしたことが一度もない。「全力を尽くすな」が、親父の教えの一つだったためだ。いつか全力を尽くしてなにかに取り組みたいものだ、とは思っている。だが、小説に全力を尽くすようなことは、まずないだろう。

8 「引導を渡す」といいたいところを「印籠《いんろう》を渡す」といい間違える人がいる。

「引導」というのは、仏道に導くことであり、迷いを解くことであるが、「引導を渡す」というときは、「諦《あきら》めさせる」という意味に用いられる。ボクサが、最後の一発で試合を決めるときなどにも用いられ、これは「トドメをさす」に近い用法である。

うろ覚えのまま、こうした用語を使おうとすると、ワープロが候補を出してくれて、「印籠を渡す」なんて間違いが起こる。僕は、Yahoo! のニュースでこれを見たことがある。「トランプ大統領に印籠を渡した」と書かれていた。これは、なかなか面白いイメージだが、大統領ならば、なにも渡さなくても印籠くらい持っていそうなものだし、語感としては、さらに強力な権力を与えるような表現なので、「引導」とは真逆で可笑《おか》しい。

「印籠」は、水戸黄門《みとこうもん》で身近な存在となり、「印籠を見せつける」など、権力にものを言わせるような感覚でこの言葉を使う場合が多いけれど、一般的な言回しではない。そもそも印籠は、印を入れた容器のことで、葵《あおい》の紋の印籠だけに限定されたものではない。普通の印籠は、見せられてもなんの効果も表れない。今風にいえば、スマホケース程度の価値のものである。スマホケースではなく、スマートフォンのモニタを見せた方が良い。

水戸黄門を子供の頃に見ていて僕が感じたことは、あの印籠をたまたま拾った人、あるいは盗んで手に入れた人だと、どうして疑わないのだろうか、という疑問だった。あれだけ悪巧《わるだく》みをするような人たちが、それが本物の印籠で、それを持っているのも本物の権力者だと一瞬で素直に解釈してしまう不思議さである。しかも、敵は僅《わず》かに三人だ。殺してしまって、どこかへ埋めてしまえば、簡単に問題が解決しそうなものだし、それくらいの発想ができる悪人だったのではないか、と子供だった僕は考えた。

全部ではないと思うが、日本の紋章は丸い。しかも、点対称だったり、葵の紋や菊の紋のように回転させて連続する図形が多い。植物が描かれているものがほとんどで、動物はあまり見かけない。一方で、ヨーロッパのエンブレムといえば、盾《たて》の形であったり、円や四角の枠がなく、しかも動物が描かれている場合が多い。このあたりは、農耕か牧畜か、といった文化から来ているのだろうか。日本が枠に拘るのは、書類でも顕著だ。

ところが、最近になって「ゆるキャラ」が全国に普及し、突然動物がマークにのし上がってきた。野球やバスケットボールなど、チーム名が動物になっているのは、日本の文化とは少し外れている。スポーツが外国から来たのだからしかたがないが、植物名のチームがあっても良さそうなものだ。その点で、「なでしこ」などは意味深い。

9 「その予定はない」を「考えていない」と言ってしまう日本人気質について。

リーダ的な立場にある人が、「オリンピック中止も考えている」と発言するだけで、マスコミが色めき立つのが日本の特徴である。これは、「考えている」が「するつもりだ」の意味になっているからだが、言葉のとおりに「考えるだけ」なら、まったく普通の発言だし、むしろ考えない方が異常である。「まったく考えておりません」と強く否定する人が多いが、「考えるくらいはしておけよ」と言いたくなるのは僕だけでしょうか。

日本人の特徴なのか、言葉信仰のようなものがある。マイナス方向の言葉を口にしただけで縁起が悪いとなったり、「失敗したらどうしよう?」と言うだけで、「弱気になるな!」と叱られたりする。だが、万が一のことを考えておくのは当然だし、そういった議論をすることも有意義だ。「もしこんな事態になったら」という前提で、そのときはどうするのかを述べることは、リーダに求められる責任なのだから、当然説明できなければならない。それを「考えておりません」と突っぱねるから、「これじゃ駄目だ」と大衆は引いてしまう。いい加減、合理的な思考、論理というものを学んでもらいたい。

論理的といえば、日本人の多くが（しかも言葉を操《あやつ》るマスコミ関係の人たちも）論理というものの基本を学んでいない。たとえば、「否定しない」といえば、「肯定する」という意味に取る。否定しないとは、否定以外の立場である、という意味だから、肯定するか、あるいは否定も肯定もしないか、のいずれかである。

「嘘はつきません」というのは、「本当のことしか言わない」と同じではない。なにも言わないか、嘘でも本当でもない無駄なことを言うか、いろいろな場合がある。これは、「日曜日は都合が悪い」と言うと、「日曜日以外ならＯＫなのですね？」と受け取る間違いでも指摘したところだ。「日曜日が都合が悪い」と述べているだけで、ほかの日がどうなのかについては言及していない。それを「ほかの日は全部ＯＫだ」と勝手に解釈してしまう人が多く、非常に無礼な行為に結びつく可能性が高い。是非論理を学んでほしい。

一方で、「考えている」というのも、日本人は重い言葉に受け取る。「そうするつもりだ」と同じ意味だと解釈する。「考えただけじゃん」では済まされない。するしないにかかわらず、その言葉を持ち出しただけで、既に責任を伴《ともな》うのだ。くわばらくわばら。

「と思われる」「と考えられる」「という可能性がある」などは、断定する言葉ではなく、また自分の意思にも無関係だ。いずれも、そうではない可能性があることを意味している。この際、政治家の皆さん、「考えているかもしれない」を使ってみてはいかがか。

10 「平和憲法」という呼び名は、どうもしっくりこないと思うが、いかがか。

経緯は知らないし、なにをもって「平和」といっているのかわからない。普通、どこの国でも平和を願っているだろうし、戦争だって、平和を目指して戦っている。平和を冠することの意味が、あまりにも不明で不自然に僕には感じられる。ただ、この憲法が発布されて以来、日本がたまたま平和だったのは事実かもしれない。でも、それは憲法のおかげだったかどうかは不明だ。この憲法でなくても、平和を維持している国は数多い。

自衛隊という名称もしっくりこない。それは「自衛」という部分だ。何故、「防衛隊」としなかったのだろう？　経緯は知らない。でも、防衛省が管轄している。何故、自衛省ではないのか。他国から攻撃を受けたときに国民を守るのは「防衛」である。英語ではディフェンスだ。「自衛」といえば、自分を守ることだから、自衛隊が自衛隊を守ることを意味していて、国民や国土を守る意味から外れている。そもそも「自衛」、つまりセルフ・ディフェンスは生きものの本能であり、誰だって自分を守るのが当たり前で、わざわざそういう部隊を組織する意味がない。どんな部隊だって自衛はするはずだ。自衛しないとしたら、それは「特攻隊」、すなわち自己犠牲隊である。したがって、「自衛隊」というのは「平和隊」と同じくらいおかしい。平和憲法で平和隊を組織したのなら、なんとなく筋が通るような気もするが、同じくらいおかしいというコーディネートである。

広島には、平和記念公園があるが、どうして、被爆《ひばく》記念公園としないのだろう？　これは、地震で被害を受けた場合にも、「復興記念」と命名するのと同じで、「記念」するものはプラスのベクトルでなければならない、という語感からだろうか。そのわりに、毎年その記念日に集まって、大勢が泣いているのは、どうも方向が違っているように見える。

つまり、「二度と同じことをしてはならない」という「願い」は、「願い」としては複雑すぎるのだ。神様にお願いするのは、もっと単純なプラス志向の「ありがたい」ものでなければならない、というわけだろうか。まあ、僕だけが悩む問題ではないけれど。

「平和」という言葉も、結局は「戦争がない」という状況であって、平和がすなわち楽しいこと、愉快なこと、満足できることではない。単にマイナスは御免だ、という意味の言葉なのだ。「復興」も、まえの状態に戻った、という意味でしかないのと同じだ。

僕がしっくりこないのは、ここが原因である。どうせなら、「成長」や「発展」を目指す動的なベクトルを目指してもらいたい。たとえば、死んだら誰もが平和になる。生きているものは、平和ではない。生命は、平坦な状況ではないのである。

11

高効率を目指した「都市化」によって失われたものに、みんな気づき始めた。

自動車はそれぞれエンジンを搭載し、そこで燃料を燃やす。そうするよりも、大きな発電所で燃料を燃やした方が効率が高い（ただ、送電して蓄電しないと電気自動車は動かないが）。そのためには大勢が一箇所に集まり、同じタイプの自動車に乗る必要がある。

このような集中型システムが「都市」である。個人が自動車を運転するのではなく、電車で大勢が移動する。個人の庭ではなく、共有の公園で自然に触れる。食材を保存し料理を作るのも個人では非効率だから、飲食店が近くにあり、個人宅では台所も簡素化される。子供は託児所に預ける。個人は持ちものも断捨離《だんしゃり》する。共有し、集中化させれば効率が上がる。集積回路の設計と同じ理屈で、都市は密集化、高層化した。

問題がなければ上手くいく。現に、大勢が同調して都市に集まった。しかし、想定されなかった事態が幾《いく》つか表れた。たとえば、集中豪雨や地震などの自然災害。それに、ウィルス感染である。水の逃げ場がないのと同様に、人の逃げ場もない。自分の庭がないから バーベキューもできない。公園が閉鎖されると子供が遊ぶ場所さえない。娯楽はすべて共有してきたから、それらがクローズされると楽しみを我慢するしかない状況になる。

　こうなることは予想できた。都市というものの弱点は、最初から予見されていたのだ。今回のウィルス騒動で、多くの人が気づいただろう。気づくだけでも、だいぶ良い方向だといえる。口車に乗って、いろいろ捨てたものを、もう一度考え直した方がよろしい。

「早く元の生活に戻りたい」と口にしている人は、かなり甘い。今の状態が未来だと思った方が健全だ。というよりも、飲食店で料理を食べ回っていた生活こそが、無理があった。庭のない自宅こそ不自然だった。個人が料理をして、自宅でそれを食べること、自分の庭を持つことは、長い歴史の中で意味があるスタイルだった。先祖代々の持ちものを受け継ぐことも自然だった。都市があなたに差し出したものは「利便性」という代物だが、これと引き換えに失ったものを、よく考えよう。ぎゅうぎゅう詰めの電車で出勤することの息苦しさを、どうして我慢しているのか？　何故、行列に並ばなければならないのか？　電話でもネットでも受付が集中するのに苛立《いらだ》つようなことは何故起こるのか？

　さて、僕は都会育ちであるが、三十年ほどまえに、この状況に気づき、田舎へ引っ越した。今回の騒動では何一つ影響を受けていない。宅配便が、玄関前のベンチに荷物を置いていってくれるようになり、レストランもテイクアウトをしてくれるようになり、非常に喜んでいる。世の中、どんどん良い方向へ進んでいるな、と実感しているところだ。

12 森博嗣の静かな生活。

人に会わずに生活している。ドライブに出かけるけれど、ドライブスルーの店にしか行かない。それ以外は、犬の散歩と、ラジコン飛行機で遊ぶときだけが、自分の敷地から出る機会。そのほかは、すべて自分の庭園内で活動している。不自由はまったくない。

曜日などに関係なく、毎日同じ時刻にだいたい同じことをしている。作家の仕事は、しない日が多いが、するときもせいぜい一時間。平均すると、一日三十分。それでも、今年に出る本は、今書いているこれが最後（今日は五月一日）。今年から来年にかけて、雑誌に小説を連載するが、それもだいぶまえに書き上げた。出版社からのオファが多いけれど、現在引き受ける可能性があるのは、二〇二四年出版の本である、と答えている。

読書をしている時間は、毎日三時間以上。ただし、小説ではない。ネットで映画などを見ている時間は毎日二時間以上。工作をしている時間も三時間以上。あとは、庭でなにかの作業をしているか、庭園鉄道に乗っているか、犬と遊んでいるか、である。

ドライブは、三日に一度くらい出かけている。だいたい一時間くらい。ロングドライブは三カ月に一度くらい。このドライブというのは、犬が一緒か、奥様が一緒か。どこかへ行くわけではなく、ただ、景色を見ながら走るだけ。行った先でも、犬の散歩をするだけ。人に会ったり、店に入ったりはしない。車の運転が楽しみなのだ。

もう十年以上、このような生活が続いているけれど、全然飽きない。次は何をしようか、といつも考えているし、つぎつぎと新しいことを思いつき、思いついたことの一割くらいしか実行する時間がない。忙しいったらない。

ときどき、なにかにのめり込んで、読書や映画の時間を潰《つぶ》して没頭することがある。でも、犬の散歩は不可避だし、工作も犠牲にはしない。これらは、ある種ノルマとして捉えているのかもしれない。

幸い、健康が持続している。四年まえに救急車で運ばれて入院して以来、三カ月に一度医者に会っているが、最近医者が替わった。僕は夏と冬で体重が大幅に違うのだが、冬に初めて会ったとき「少し体重を減らした方が良い」と言われたので、「夏は十キロ下がる」と答えたのだが信じてもらえなかった。三カ月後に七キロ減量していたので、驚かれた。「ダイエットしたのですか?」ときかれたが、「べつに」と正直に答えておいた。

昨年は小屋を建設した。今年になって七年越しで製作していた機関車が完成した。この機関車は、欠伸《あくび》軽便鉄道の三十八号機となった。現在、その次を製作中である。

13 必要なものは買わない、欲しいものだけを買う、という生き方。

このまえ、『お金の減らし方』という新書を書いたときに、僕のこのポリシィについて書いた。そんなの当たり前だろう、と自分では認識していることだが、世の中の多くの人は、必要なものにお金を使ってしまい、欲しいものが買えなくなっているらしい。

髭剃《ひげそ》りのときに、どうもちくちくして痛いと感じていたので、つい先日シェイバの先端をよく観察したら、ネットが一部破損していた。この部分の替え刃は、八千円くらいするのだ。同じ替え刃をもう五年くらい使っていて、一年以上まえから切れ味が悪く、ときどき痛かった。どうしようかな、もう替えた方が良いだろうか、と奥様に相談したら、「替えなさいよ、そんなの」と一笑された。「八千円もするんだよ」と言うと、「お金持ちなんだから、買えば」と言われる。もしかして、駄洒落《だじゃれ》かもしれない。しかたがないので、ネットで注文して、翌日新しいのを使ったら、もの凄くソフトで気持ち良かった。

そこで僕は考える。ここまで我慢して痛い思いをしてきたからこそ、この新しい替え刃の気持ち良さを肌で感じることができたのだなあ（感嘆）。

一方で、工作に使えそうなものは、面白そうだ、新しそうだ、ちょっと取り寄せていじってみよう、と際限なく買っている。ほぼ毎日なにかパーツが届く。半分も使わないから、ガラクタが溜まってしまうが、ときどき「これ、もしかして使えない？」と気がついたり、ちょっと探したら「あ、買ってあったんだ！　過去の自分に感謝」となったりする。無駄遣いの常連である。欲しいと思っただけで買う、必要かどうかは二の次なのだ。

これは、「もの」だけではない。「情報」についても、ほぼ同じである。つまり、必要な情報を求めるようなことはあまりなく、面白そうだ、いつか使えそうだ、という欲しい情報を求めるようにしている。たとえば、面白そうな雑誌を毎月何冊も眺めているし、ネットでサイトや動画を見るときも、役立ちそうだ、ではなく、面白そうだ、が優先する。

役に立つ車は買わないが、面白そうな車なら買う。必要なものは、もうどうしようもなくなってからでも遅くはない。手に入れて、温存しておく必要がない。トイレットペーパと歯磨き粉くらいが例外である。

このような生き方をしていると、とにかく面白くて楽しいものばかりが身の回りに蓄積するから、おもちゃの国みたいな住処《すみか》になる。要不要で判断していないので、当然ながら断捨離はできない。断捨離という概念が、僕にはない。シェイバの替え刃の壊れた方は、まだ捨てていない。なんとなく面白くて、なにかに使えそうだからだ。

14 「方法」の特徴は、どうでも良い、語ることができる、真似ができる、である。

誰でも、「あんなふうになりたい」という願望を抱いているだろう。お金持ちになりたい、自由な生活がしたい、仕事で地位を築きたい、明るい家庭を持ちたい、などである。多くの場合、そういった目標となるべき他者を見て、「良いなぁ」と憧《あこが》れる。

そういったときに、「どうしたら、そうなれますか？」という疑問を持つはずである。この疑問を持たない人は、目標に近づくことが難しいだろう。夢を実現するためには、成功確率の高い「方法」が必要だ、と誰でも考える。その方法さえ知れば、あとは努力するだけである。つまり、道を示してほしい、道さえわかれば歩く体力や根気なら自信がある、という人がきっと多いのだろう。

そう考えてしまうのは、学校教育のせいではないか、と僕は感じている。こう考えなさい、とあらゆるものに対して方法を教え込まされてきた。それが教育というものだった。また、先人が語る成功談や、偉人の伝記などにも、方法論が登場することが多い。

頭が良くなる方法、成功する方法、仕事ができるようになる方法、恋愛が上手くいく方法、歳を取ってから困らない方法、など無数の方法が、世の中に溢《あふ》れていて、「情報」と呼ばれているものは、ほぼこれだといっても良いほどだ。

事実、方法は大事である。方法を知らないと実現しないものは多い。たとえば、工法などがそうだ。作り方を知って、道具の使い方を学んで、手順を間違えずに進めて初めて、実現するものがある。しかし一方では、方法を知らなくても、いずれはその方法に辿《たど》り着く、その時間が少し余分にかかるというだけだ。もう少しわかりやすくいうと、失敗を避けられる確率が高くなる、という効果はある。つまり、方法とは、失敗しない道筋のことなのだ。必ずしも、成功するための道筋ではない。そこが勘違いの元といえる。

成功する方法は、一つではない。人によって違う。それに、方法として語ることができない部分に重要な条件が潜《ひそ》んでいる場合がほとんどだ。それは、その人の性格、環境、あるいはタイミング（運）などいろいろで、方法よりも影響が大きく、支配的である。

正直に言ってしまえば、方法なんてどうでも良い。ただ、方法は他者に語ることができるし、誰でも真似ることができる。でも、結果はそのとおりにはならない。少し真似ても、少し似ているというだけで、同じ結果にはならない。方法以外のものが違いすぎるからである。しかたがない、そういうものなのだ。

逆にいえば、語ることができないものに本質がある、ということが学べる。

15 「嘘つき」とはどういう人のことか。

クイズなどで「嘘つき」なる人がよく登場する。悪魔だったり、どこかの住民だったりするが、規則正しく嘘を連発する人のことである。「私は嘘つきです」とある人が言ったとして、この人は正直者か嘘つきかを考えさせる問題が出る。正直者ならこんなことは言わないはずだし、嘘つきなら正直に自分が嘘つきだとは言わないから、どちらも矛盾している。だから、こんな発言はありえない、というような論理が展開される。

だが、このような場合につい騙《だま》されてしまうのは、「彼は嘘つきではない」という意味を、「彼は正直者だ」と受け取る単純な（つまり馬鹿な）人だけである。既に述べたように、日本人は論理というものの教育を受けていないので、こうした間違いに陥《おちい》りやすい。

「嘘つき」は、このクイズ上では「必ず嘘をつく人」のことだ。したがって、「嘘つきでない」という意味は、「必ず嘘をつくわけではない人」であり、それはもちろん正直者ではない。嘘もつくし、本当のことも言う、いわば普通の人というだけである。

さらに現実問題としては、このように「たまに嘘をつく人」のことを「嘘つき」という傾向にある。何故なら、常にあらゆることに嘘をつくような人間が存在しえないからだ。常にあらゆることに正直な人間が存在しないのと同様である。誰でも、ついうっかり嘘をつくし、多少の嘘を交えて話をする。本当のことしか話さないとしたら、一言しゃべるたびに熟考しなければならないし、逆に熟考するほど嘘が混じるはずである。たとえば、相手が着ている服を「可愛い！」と言ったりする場合を想像してみてほしい。嘘でしょう？

頻度で考えても、五割も嘘をつくことは、なかなかにしんどいだろう。並大抵の想像力では、ここまで嘘を捏造《ねつぞう》できない。五割も嘘が言える人は、芸人や作家になれるはずだ。

僕の、ほんわりとした感覚では、話すことに一パーセントも嘘が混じれば、立派な「嘘つき」だと思う。そういう人を非難して、「嘘ばっかり」と言うが、「ばっかり」ではない。比率からいえばはるかに本当が多く、「嘘ばっかり」という非難の方が嘘である。詐欺師《さぎし》だって、ほとんどは真実を述べ、誠実に行動する。殺人鬼だって、見境なく殺し回っているのではなく、ほんの僅かな対象を殺すにすぎない。このように、その人のごく一部の状況を示して、その人の全体像を決めつけることが行われているわけだから、ヘイトクライムの根本的な心理が、他者を見る目に最初から潜んでいる、といえる。

たった一度、あるいはごく一部で、その後ずっと全体を敵視することは、現代では「偏見」と呼ばれる。人間は懲《こ》りない生きものだから、という認識を懲りずに持っている。

16 金儲けはしたいが感染は怖い、という「複雑な気持ち」って何？

コロナ禍《か》で、何度も耳にした言葉である。観光地や飲食店などで、インタビューを受けた経営者や店の人たちが、このように答えている。お客さんには沢山来てもらいたいが、沢山集まると感染が怖い、というジレンマを「複雑な気持ち」と表現しているのだ。

僕は、これが「複雑」だとは全然思わない。それって「普通」だし、むしろ「単純」ではないだろうか。たとえば、普段であっても、「儲けたいけれど、忙しくて疲れるのは嫌だ」くらいのジレンマはあるはずだ。どんなものでも、多ければ多いほど良いというものはない。ちょうど良い量というものがあって、そのバランスが最善なのである。

今回の場合、感染は怖いけれど、家に籠《こ》もっていたら仕事にならない、というのはほとんどの人に当てはまったはずである。満員電車に乗らないと出勤できないビジネスマンは、複雑な気持ちで電車に乗っただろう。酒を販売しているメーカは、飲酒運転で命が失われるニュースを聞くたびに複雑な気持ちになるはずだ。それって、単純な気持ちでは？

どんな場合でも、なにかを選択すれば、なにかを排除する。一位になれば、誰かが一位になれない。生まれるから、死を恐れなければならなくなる。不幸があれば、こんな生活をしなければ良かった、という後悔をするだろう。

そうして考えると、ほとんどの場面で、気持ちは複雑になってしまう。こうしたいとは思うけれど、ああなるのは嫌だな、という気持ちでいることが、つまりは、生きている状態、ごく普通の状態であるから、それくらいで「複雑だ」なんていっていたら、「じゃあ、複雑ではない選択って、具体的に何ですか？」と質問したくなってしまう。

簡単である。複雑でない気持ちというものは、「気持ち」ではないわけだ。つまり、当たり前すぎて、頭に思い浮かぶ以前に、選択され、行動している。だから、気持ちにならない。考えること自体が、普段考えない人にとっては「複雑」なのだろう。

人々の気持ちが出現するのは、判断がある程度難しい場合に限られ、これはグループだったら会議をしなければならないケースだ。議論は、必ず複雑になる。単純な案件は、報告だけで済んでしまう。気持ちもこれと同じで、複雑なことが普通なのである。

それにしても、インタビューでは綺麗事を言わなければならない。「客がどんどん来て儲けたい」という単純な気持ちを言葉にすると、最近は各方面から叩かれる。だから、「お客様の安全を考えると、複雑な気持ちです」と言い逃れをするしかない。お客様の安全を考えて閉店したら、「恨《うら》めしい」という単純な気持ちになるだけだからだ。

17 言葉が響く必要があるのは、政治家ではなく、役者か作家だろう。

どこかの国の首相が、国民に訴えかける演説をしたという。それに比べて、日本の首相は原稿を読み上げるばかりで、心が籠もった言葉、人を動かすような言葉を発することが苦手らしい。こんなふうだから、国民が動かないのだ、とマスコミは叩きたがる。

たしかに、欧米の政治家たちは演説が上手い。というよりも、演説の上手い人が、人気を得る。票も集めるから、結果的にリーダになりやすい。そういう社会が、伝統的に築かれてきた。これが、日本の場合は、そこまで顕著ではない、ということだろう。

日本人は、たしかに言葉を信仰する気質があるように思える、とこれまでにも書いてきた。だが、それは人の口から発せられた声ではなく、文字になった言葉である。日本人は文字を崇拝している。書道が古くから盛んであり、どこにも文字が飾られている。

日本人の場合、「話が上手い人」はむしろマイナスに捉えられる。滑《なめ》らかに言葉が出てくる人は多いけれど、その内容をよく聞いていると、筋が通らなかったり、御座《おざ》なりを述べていたり、論理的でなかったり、単に個人的な感想にすぎなかったりで、結局は、さほど重要なことを伝えようとしていない場合が多い。もう少し考えて、言葉を選んで慎重に発言しなさい、と指摘されるだろう。ようするに、「話す」ことは基本的に軽はずみなのである。「ぺらぺらしゃべる」というのも、揶揄《やゆ》して使われることの方が多い。

政治家に限らず、重要な立場に立った人は、話すことに慎重になる。最近では、動画が撮られ、すぐに大勢に公開されるから、よけいに失言が許されない。必然的に、「しどろもどろ」に近いようなしゃべり方になる。僕は、これはしかたがないと感じている。

重要なことは、しゃべり方ではなく、発した情報の内容であるから、原稿を読むことは良いことだと思うし、それくらい許容するべきだろう。流暢に話せることは、リーダの資質としてさほど重要ではない。大事なことは、どんな判断をするか、なのである。

だから、心に響かなくても良い。そんなパフォーマンスは必要ではない。人々を扇動し、人々を熱狂させ、大勢を動かすのは、独裁者に必要な資質であり、民主主義のリーダは、そんな人間とは逆に、いつも冷静で、言葉を荒らげない人が相応《ふさわ》しい、と思う。

大衆の心を捉えるような演説をした国は、どうなったのか。それで劇的に事態が改善したのだろうか？　もし、そんな「しゃべり方」だけで国が動き、国民を導けるとしたら、そのシステムの方がどうかしている、と判断できる。理屈や議論によって判断をし、その冷静な言葉を聞く国民が、きっと大勢いるものと、僕は期待している。

18 「私の考え」というけれど、その人が考えたのではなく、ただ選択しただけ。

「というのが、私の考えです」と意見を述べる場面があるが、内容を聞いていると、その結論に至った理由、あるいは論理が説明されていない。もし、自分で考えたものなら、これこれこう考え、このような理屈から、その結論に至った、と述べることができるだろう。普通は、そういうものを「考え」と呼ぶのである。

そうでなく、直感や嗜好から、判断したときは、「考え」ではなく、また意見でもない。その場合は、「と思います」あるいは「と感じます」と述べるのが正しい。

意見であっても、人から聞いた理屈、本で読んだ論理をベースとして判断したものもあるだろう。それは「考え」に近く、意見といえる。でも、正確には、「私の考え」というよりも、「私の判断」あるいは「私の選択」とするべきだろう。

「と思います」と「と考えます」の違いは、こんなところにある。「思われる」と「考えられる」も、同じではない。その理屈を構築したのが誰か、という部分が違うし、もちろん、「思う」の方が「考える」よりも判断が軽い、という違いもある。

論文を書いているときには、文の最後が、断定で終わっているか、「と思われる」か「と考えられる」で終わっているかで、著者がどこまで自信を持っているのか、を読み取られるので、言葉選びに慎重になる。自信がなかったら、断定せず、「と思われる」と書く。

「私の考え」とわざわざ限定するのは、その内容が一般的なものではなく、私が現在そう考えているだけで、今後新たな情報が得られたりした場合には、また別の結論になる可能性がある、との予防線を張っているからだ。結論に百パーセントの自信が持てない。もしかしたら、間違いかもしれない。そういう配慮をしたもの言いである。それを強調したいときは、「あくまでも私の考えですが」と言ったりする。しかし、この言葉がなくても、その人の考えであることは周知なわけだから、余計な言葉として取られかねないだろう。

実際、一般の人は、「私の考え」を持っていない場合がほとんどだ。「私の考え」など持っていなくても普通に生きていける。若いときほど、「私の考え」を主張したり、アウトプットしたりする傾向にあるが、その動機は、「誰かに、私の考えを知ってほしい」という欲求であり、「私の考え」への同調を求めているだけだ。仲間が欲しいだけなのだ。

若者でなくなる頃には、「考え」に同調して仲間ができるのではないことを学ぶから、もうそんな欲求はどうでも良くなる。ただ、周囲の「考え」さえぼんやりと把握して、それに逆らわなければ良い、という人生になるようだ。あくまでも、僕の観察だが。

19 「酒禁止」の指示に、「酒が悪いと名指しされた」と反発する人たち。

酒を出したり、売ったりしている商売の人は、「酒が悪い」と言われるだけで、「名指しされた」と反発する。「酒が原因だという科学的根拠はない」とも主張するだろう。それは、ある意味そのとおりである。たとえば、飲酒運転が禁止され、厳しく取り締まりが行われているが、飲酒が即危険運転につながるとはいえない。これは、確率的な問題になる。飲んでも酔わない人間がいるだろうし、立派に運転ができる人もいるはずだ。

判断や行動における劣化が顕著になることを「酔っ払う」といっているが、ようは「飲酒」が悪いのではなく、「酔っ払い」が問題なのである。これは、外国では常識的な評価であり、ただ街を歩いているだけでも、酔っ払っていれば社会的害と見なされる。

ある個人がどれくらい酔っ払っているかは、客観的に測定ができない。血中のアルコール濃度などで数値化できても、それが「酔っ払い度」とイコールではない。その都度《つど》、判断や運動のテストを行うしかないし、そもそも個人差があるので、どれほど劣化したかは、それこそ常時測定して、変化を分析しなければ判明しないだろう。

酒を抜きにしても、もともと運転能力というものに個人差があり、日々変化する。若いときに教習所に通って取得した免許が、生涯有効なのも問題があるだろう。それでも、今まではこの免許制度が有効に働いてきた。能力が欠如している人間の免許を取り上げることができたからだ。では、飲酒能力について、このような免許制度が検討されるべきか、と過去にも書いたことがあるが、自動運転などハード面で解決しそうな問題ともいえる。

酔っ払いに顕著なもう一つの問題がある。それは、酔っ払うと、もっと飲んでしまい、さらに酔っ払う可能性が高い、ということだ。つまり、酔っ払ってはいけない、という自制が働かないことが、酔っ払いの最大の欠点といえる。「酒は一杯だけにする。絶対に運転しない」と素面《しらふ》のときに言い張っていても、一杯飲んだ段階で、その約束を反故《ほご》にできる別人格になっている、ということだ。もちろん、そうならない紳士も多いが、十人いれば必ずそういう人間がいて、その人が大声で叫んで唾《つば》を飛ばせば、十人全員が感染するだろう。そういう統計的予測が、酒を禁止する科学的根拠である、と僕は認識している。したがって、酒を禁止せずとも、「酔っ払いには酒を出さない」が守れるなら問題はない。

戦国時代、戦に駆り出された百姓たちには、酒が振る舞われた。祭りになれば参加者に酒が出される。多くの「式」にも、また「会」にも、酒が出る。結局は、酔わないではやっていられないから飲むのだ。一人静かに酒を味わう楽しみからは、かけ離れている。

20 「しめしめ」と含み笑いする人を見たことがあるか？

時代劇の悪者が、暗い座敷で笑ったりするときにこの台詞《せりふ》を口にする。「しめしめって何だ？」と現代の若者なら首を傾げるだろうが、現代の若者は時代劇など見ないか。「しめ」って何かといえば、これは「占める」という動詞である。ほとんど、日常では使わないが、「占有している」という意味だ。「国土の八十パーセントを山林が占めている」のように使う。さらに、「となれば、もうこちらのものだ」という意味で、「となれば、しめたものだ」と言ったりする。これが、「しめしめ」の原型である、たぶん。

「くよくよ」などのような副詞ではない。「くよくよするな」と励ますことはできるが、驕《おご》って油断するな、の意味で「しめしめするな」とは使えないので注意しよう。また、予想外の豪華な料理にありついたときなどに、「しめしめ」などと口にするのも下品である。「めしめし」と勘違いされかねない。

梅雨時などに、「じめじめ」することがあるが、あれはたぶん「湿る」から来ているものと思う。湿気が高くて不快な様子だが、なぜ「しめしめ」ではなく「じめじめ」と濁るのかはわからない。わからないので、誤魔化して「諸説ある」とは書けない。

鍋物などで、最後にうどんを入れたりするが、これを「しめ」という。この場合は、「締め」か「閉め」の意味だろう。会合が終わったときに、手を叩く「一本締め」と同じ。

似た言葉に、「しみじみ」がある。心に深く感じる様であるが、落ち着いている様子でもある。これは「染みる」から来ているので、「しめしめ」に近いはずだが、文法的には副詞らしい。感動したときに、不気味に微笑んで「しみしみ」といえば、同じだろう。

繰り返したときに、二回めで濁るといえば、「さめざめ」がある。これは、大泣きするときに使う。「つくづく」も似ている。いくらでも出てくる。

話を戻して、時代劇の悪者の台詞には、子供の頃に勉強させられた。生活では使わない言葉が多く、いちいち大人に質問したり、辞書を引かないとわからなかった。「よしんば」とか「ひょんなことから」とか「なかんずく」とか「あにはからんや」とかだ。「いる」を「おわす」といったり、「やめる」を「よす」といったりする。小学生がそういう言葉を使っていたら、よしよししてあげましょう。

最も勉強になったのは、イントネーションである。TVドラマの会話は、話し方の勉強になる。現代の若者言葉はけっして出てこないが、一番違っているのは言葉よりも抑揚だろう。子供の頃に見たドラマが、僕の小説の基本になっていることはまちがいない。

21 「ネタばれ」なしで感想が書けないのは具体的なことしか考えられないから。

ミステリィ小説や映画などの感想をネットにアップしている人が多い。その多くが、まず「あらすじ」を書いている。どうしてあらすじを書く必要があるのだろう？感想を書いている人は、未読の人に作品の紹介をしたいのだろうか？ それとも、評論家のように作品を選別したいのだろうか？ それとも、自分はこれを読んで、こんなふうに感じた、その気持ちを誰かに伝えたいのだろうか？ そのいずれもが、ごちゃごちゃに混ざってしまい、不思議な文章になっている。「感想」を書くために「あらすじ」が必要だという主張が理解できないし、もし必要だとしても、いろいろ伏せることが可能だ。あらすじを全部伏せてしまっても、既読の人には理解できるので、まったく支障がない。「感想」のつもりで書いていても、それは「あらすじ」の一部であることも非常に多い。「あのとき、○○が出てきて、びっくりした」というのは、「あらすじ」である。びっくりさせるように書かれている。「シリーズを最初から読みたくなった」というのも、「読みたくさせる」ように書かれたものだから、どちらかというと「あらすじ」である。

そんなことよりも、「面白かった」だけの方が、よほどインパクトのある「感想」といえるだろう。もう少し、抽象的にものごとを考えた方がよろしい。抽象的に考えることで、「意味」や「価値」そして「新しさ」などが浮かび上がってくる。そういったものが、「感想」であり「評論」だ、と僕は認識している。

もちろん、ある程度の知識が必要かもしれないし、また、思考力や文章力が必要になるから、一般の読者にそんな本当の「感想」を求めているわけではない。でも、たとえば「どういった新しさが感じられた」という観点で、十くらい箇条書きにできれば、抽象的な「感想」に近づく。このとき、けっして「○が△した場面が新しい」のように具体的に書かないことが大事だ。そうでないと、「ネタばれ」ならぬ、「馬鹿ばれ」になってしまう。

ものごとを抽象的に考えられず、具体的なことばかりが頭に思い浮かぶというのは、「馬鹿」の始まりというか、周囲に馬鹿だと認識される要因の一つであり、黙っていればわからないのに、たまに詳しく話したり書いたりすると、具体性に偏《かたよ》った内容で見抜かれてしまう。頭の良い人間は、人の思考の抽象性を気にしているから、要注意だ。

具体的と抽象的が区別できない人もいるだろう。それも、抽象性の不足によるものだ。何故抽象的でなければならないのか？　それは他者に伝えて価値があるものが抽象性だからである。具体的なものは、自分の胸に仕舞っておけば良い。

22 「仕事」というのは、つまり「罰ゲーム」である。

僕はこれまでに二十冊以上の新書を上梓《じょうし》したが、その中で最も沢山売れているのは、『「やりがいのある仕事」という幻想』（朝日新書、二〇一三年刊）で、もう少しで十万部に到達しそうだ。もちろん、この本は「仕事のやり甲斐について執筆してほしい」という依頼を受けて書いたもので、自分から「こういうのが書きたい」と思ったテーマではない。僕は、自分から「こんな本が出したい」と思うことはほとんどない。作家になって二十五年ほどになるけれど、そんなことは二回くらいしかなかった。

だが、仕事とは、そういうものである（そんな内容を前掲の本にも書いた）。つまり、基本的に「やりたくないもの」であり、「面倒くさいこと」であり、「やるだけ恥ずかしいこと」なのだ。しないで済むのなら、そんなに素晴らしいことはないが、現代社会は、お金を稼がないと自由に生きられない仕組みになっているから、しかたなくみんな仕事をしているのである。

もちろん、どんなものでも、それが好きだという人がいるから、仕事が生き甲斐だという人もいるだろう。それはたまたま趣味が仕事になったか、仕事を趣味にしたのか、いずれかだろう。ただ、趣味であっても、それを仕事にすると、どうしても不自由でしかたがない思いをしなければならなくなるはずだ。それが嫌だったら、賃金を受け取らず、無料で仕事をすると良い。きっと大勢の人たちに喜ばれるだろう。

エネルギィや時間を消費する以外にも、「恥ずかしい思いをする」という面も多々ある。僕は、作家になってこれを一番感じている。多くの人に誤解され、勝手に想像され、恥ずかしい思いをしている。その分は印税で稼がせてもらえる、という「交換」なのだ。なにか欲しいものをもらうためには、「罰ゲーム」をしなければならない。アメリカのドラマ「エレメンタリィ」で、ハッカ集団から情報をもらうために、主人公が恥ずかしいことを強いられる場面が出てくるが、ハッカたちには、それが「対価」だと説明される。

これは、未成年の社会でも似た現象が観察できる。大勢の中では、あるときは恥ずかしい思いをして、その交換で得られるものがある。それを子供の「仕事」と捉えることができる。それができないと仲間に入れてもらえなかったりする。どんな社会でも、こうした「交換」がある。「お金」のようにわかりやすい数字にならないものも多いだろう。

どういうわけか「格好の良い仕事」に憧れている人がいるけれど、「格好良く見せかけるために恥ずかしい思いをする仕事」のことにちがいない。

23

「外連味《けれんみ》」があっても褒《ほ》められ、なくても褒められる不思議。

「外連味」なんて知らない人がいるかもしれない。普段はあまり使わない。でも、最近では「ちょい悪」などと持て囃《はや》される場合もあり、「外連味」も昔からさほど悪くは捉えられていないような気がしている。正直言って僕にはよくわからないが、少々のスパイスは必要だ、という理屈かも。僕は、とにかく外連味などと無縁なので、コメントはない。

直訳すると、「はったり」や「誤魔化し」のことだが、そんな意味に使われることの方が珍しいだろう。「外連味あふれる舞台演出」とか「外連味のある文章」とか、いずれも褒めている表現だ。「外連味がない」というと、「つまらない」「平凡だ」という意味になる。だが、「はったりも誤魔化しもない」というのは、正直で「飾らない」という意味だから、非常に良い評価なのではないか、と不思議に感じるのだ。

外連味というのは、少々馬鹿馬鹿しくて、わざとらしくても、見ていて面白い、わざわざ大袈裟にやったな、という努力を評価されるのだろうか。たぶん、そうだと思う。昔の日本の映画などには、やけにわざとらしい演技をする役者がいたものだが、あんな感じかな、と僕は想像している。たとえば、水戸黄門のうっかり八兵衛や、古畑任三郎や部下の今泉君や、「TRICK」の山田や上田や矢部みたいな感じだろうか（勝手に書いているが他意はない）。でも、そろそろ古い演出ではないか、という気もする。リアルではないし、あまりにも狙いすぎだからだ。小説でも、気をつけなければならない。安易に使えない。ぎりぎりのバランス感覚が必要だし、時代による変化に追従できるか、の計算が難しい。

外連味とはまったく無関係だが、「罪悪感」というものを、僕はまるで理解できない。古い文学によく登場するテーマなのだが、「そこまで悩むか？」と首を傾げたくなる。ようするに、外連味なのかもしれないが、過剰な演出のように（僕は）感じてしまうのである。このあたりは、神様を信仰していないためかもしれないけれど。

ドラマに多い演出として、上司からの圧力というものが定番だ。主人公は能力的に優れているにもかかわらず、どういうわけか理解のない無能な上司がいて、嫌がらせをされるのだ。そんな関係が多すぎる。直属の上司が良い人でも、その上に大きな組織ぐるみの陰謀が渦巻《うずま》いていたりもする。結果的に、少数で悪に立ち向かうしかない、という話が多すぎる。最初のうちは面白いな、と見ていても、そのうちにこの関係が現れてくるのは、シナリオを書く人がネタに困って行き着くのか、それとも上司から圧力がかかって書かされているのか、と疑ってしまう。そういうのが、僕にとっての外連味かもしれない。

24
「私たちに今できることは何か？」よりも、「今できないこと」を考えよう。

「自分たちにできることを考えよう」といったPRが多い。特に、若者たちに向けて、ちょっとした寄付を募ったり、ボランティアを募ったりするときだ。この「できること」というのは、ようは「持ち金や時間を差し出せ」に近い。いやらしい感じがしてならない、というのが僕の印象である。

若者は、それぞれの人生がまだ軌道に乗っていない。これから、沢山のことを学び、成長し、いろいろなことができるようになる。それなのに、「今できること」をしろというのが、性急で浅はかだ。綺麗な言葉に聞こえるが、やっていることが汚い。

若者は、そんなことを考えず、「今できないこと」に向かって進むべきである。今はできないが、時間と労力をかけて、「いつかできる」ようになってもらいたい。それこそが、「今できること」ではないだろうか。

だから、自分にできることは何か、よりも、自分にできないことを常に考え、それをカバーする方向へ自分を歩ませることに専念してほしい。今実行できなくても、心配することはない。今学んでおけば、いずれもっと大きく社会に貢献できる人間になれるかもしれない。「今はなにもできない」と焦らないでもらいたい、ということだ。

　自分にできないこととは、つまりは「自分の今の無力さ」を知ることでもある。ここが重要だ。その後精進《しょうじん》し、成長しても、やはり「できない」ままかもしれないが、無力さを知っていることは、無駄ではない。生きていくうえで、とても大事な認識だからだ。

　さらに、「できること」が目の前に与えられた具体的な事象であるのに対して、「できないこと」は、無限に存在するだろう。考えただけで、自分の「無」を意識せずにはいられなくなるはずだ。この圧倒的な無力感から逃避したいと人は考え、つい目の前の具体的行為に縋《すが》ってしまう。与えられた選択肢に手を伸ばしてしまうのである。「できること」はそれを誘っている。人間の弱さにつけ込んでいる、ともいえるだろう。

　小説の感想を書く人が「あらすじ」を書かずにいられないのも、「具体的」な事象に縋っているためだ。小説は具体的な流れを示した文章であり、論理的な文章のような抽象的な表現が少なく、ストーリィを追うという消費に時間を費やされる。抽象的に考え、それを自身の人生に生かそうと展開する思考が強《し》いられない。強いられないから、楽であり、眠くならず、どんどん読めてしまう。「今自分にできることは、このストーリィを読み切ることだ」と思わされている。そうならないような読み方を、ときどき考えましょう。

25 あまりにも「みんなで一緒に」という意識が強すぎる気がしますが、いかが？

基本的に、僕の姿勢というのは「個人主義」であることは、皆さんももうすっかり理解されていることと思う。「僕はこう思うので、こうします。皆さんも、自分が思うとおりにして下さい」という意見で、人がどう考えようが気にならない。お互いに尊重し合うことが大切だ。そうはいっても、ときには共通のものを一つに絞って選択しなければならない。そのときは多数決に従う。それが民主主義である。

たとえば、「オリンピックをやめろ」と僕は考えない。オリンピックなど僕には関係がないし、それをやりたい人がやれば良い。僕は見ないし、事実上僕には影響がない。ただ、僕が支払った税金が一部それに使われる、というだけだ。その程度は許容している。「原発をやめろ」とも僕は考えない。これは一つに絞れるほど単純な問題ではない。たとえばの話だが、日本の半分の地域は原発を建設し、それで電気を賄《まかな》う。もう半分では火力発電で暮らす。賛成か反対かでこのように分かれた政策を取ったとしたら、僕は原発があるエリアに住むだろう。なにしろ、空気が綺麗だから。「じゃあ、事故になったらどうするの？」ときかれたら、「そのときは、空気が悪い方へ避難するしかないでしょう」という当たり前の返事をする。なにも矛盾していない。皆さんもそうすれば良いのでは？　現在の政策は、ほぼこれに近いものだ。

それぞれが好き勝手に生きれば良い。ただ、他者に大きな迷惑になる場合には、配慮が必要だろう。それだけの話である。反対か賛成か、と全体で統一した意見になるはずがないのだから、それぞれが、一旦は自分が思う方の生き方をすれば良く、間違っていたと気づいたら、反対の立場に鞍替《くらが》えすれば良い。これは卑怯《ひきょう》でもなんでもない、当然の権利であり、当然の姿勢である。

自分と違う意見の人を、目の敵《かたき》にする姿勢がどうもよくわからないのだ。何故、意見が違うと腹が立つのだろう。たぶん、理解し合って自分の味方になってほしい、という願望が根底にあって、そうならないことに腹を立てているのだと想像する。その「みんなで一緒に」という意識が強すぎるのではないか、と僕は感じる。みんなが一緒だと、何がそんなに良いのか？　全員一致や一丸となることに、どんな魅力があるのか？　多数が正義だと感じる価値観は、多くのハラスメントとして顕在化し、いろいろな場面で綻《ほころ》びが出始めている。今後は駆逐されていくだろう。「みんな一緒の何が悪い？」と頭の固い方は、まだおっしゃっているけれど、悪くはない。でも、絶対的に良い、とはもういえない。

26 「幻想的」というのは、「写真みたいな」という意味なのか？

「うわ、幻想的ですね」とおっしゃる人が多いが、「あ、あなたの幻想は、こういうものなんですか？」とききたくなるのは、僕だけではないだろう（ほかに、犀川《さいかわ》先生とかがいる）。どういうものが、「幻想」なのかわからない。おそらくそれぞれが、幻想を抱いているはずだ。それなのに、大勢が「幻想的ですね」と、意見を一致させるのが不思議ではないか。それほど、型にはまった「幻想」が存在するのだろうか。

以前に、「映像美」についても書いた。「圧倒的な映像美」と表現されるが、何をもってそういっているのか、甚《はなは》だ疑問である。同様に「透明感」も不可解な言葉だ。

「幻想的」というのは、たぶん、この世のものとは思えないほど、綺麗な雰囲気をいうのだと思う。そう、何故か「綺麗」側のものに使われる。汚い幻想を抱いていない善良な方が多数だからだろうか。たとえば、暗い炭鉱の中とか、オイルでべたべたの工場とか、あるいは人工物が朽ち果てて廃墟と化した場所なども、充分に幻想的だし、魅力的だし、綺麗だと感じる人も少なくない。現に、そんな対象ばかりミニチュアで再現したり、写真に撮ったりしている人がいて、その手の写真集も展示会も多い。

少し靄《もや》がかかったような風景も「幻想的」だといわれる。屋久島《やくしま》の森林の中で霧が立ち込めているような場所だ。たしかに、「リアル」に身近で見られないし、各種の条件が揃《そろ》わないと見られないわけで、この確率の低さが「幻想的」なのかもしれない。

不思議なことに、ほとんどは風景に対して、この形容が用いられる。たとえば、「あの人の顔は幻想的だ」などとはいわない。人の顔を幻想することはないのだろうか。動物や植物でも、ある特定のものには使わない。もっと、全体というか、やはり風景が対象となるようだ。もっとも、恐竜なんかは幻想的かもしれない。宇宙もそうだろう。

もう一つ気になるのは、幻想的なものは、視覚的な対象、つまり映像だということである。幻想的な文章というものがあったとしても、それはたぶん風景などをビジュアルに描いた文章に限られるような気がする。論理的な文章では、幻想は見られないのか。

僕は、もう長く生きていて、子供のときに思い描いた未来像のようなものを、現実に見られる歳になった。SF映画や漫画でしか見たことがなかった巨大な建築物が、都会へ行くと間近に見られて、「幻想的だな」と思うことがある。また、自分の庭でミニチュアの鉄道に乗って走っていると、これが子供のときの夢だったな、という意味で「幻想的」かもしれない、と感じる。「夢的」という言葉があったら、そちらの方が使いやすいかも。

27

「東日本大震災」から十年が経過した。人々は何を学んだのか。

あの日は、萩尾望都《はぎおもと》先生のお宅へおじゃましていた。自動車に乗っているときに、少し揺れたのを感じたが、その後は模型屋さんを訪ねた。スバル氏と一緒だった。

あの災害が契機だったかどうかはわからないが、僕は以後新書を頻繁に執筆するようになったし、エッセイも定期的に刊行している。自分の考えは、自分にだけ適用すれば良い、と思っていたが、作家という仕事にたまたま就いたのだから、多少は社会に還元し、もしかしたら役立てることが可能な他者もいるのではないか、と感じたからである。

地震や原発の事故については、それよりもさらに十年以上まえから、ウェブ上の日記などで書いてきた。それが現実になったわけだが、もちろん嬉しいわけではない。しかし、予測が当たったことで、「次は何が危ないでしょうか?」ときかれるようになり、「そうですね、トンネルや橋の事故に気をつけましょう」と返答したら、これも的中してしまった。津波被害については、小さなカプセルを製品化すべきだ、と書いたが、これも実現している。僕が書いたから実現したわけではない。いずれ出てくるだろう、と思っただけで、誰でも考えることは同じだ。

十年が経った今年は、被災地でコロナ感染者が増大するだろう、と予測していたが、まさにそのとおりになった。各種の記念イベントのために、マスコミを含めて大勢が現地に出向き、おそらく夜は打合わせや打上げをしたりするだろう。酒ぬきで、そういうことができない人が多いので、予測は簡単だった。

個人的に、あの「追悼《ついとう》」イベントなるものが、理解できない。記念碑を立てるくらいなら、まあ良いとして、大勢がまた集まって時間を消費する。資金的にも時間的にもそんな余裕があるのか、と感じるのである。もちろん、やりたい人はやれば良い。みんなで集まらず、同時にではなく、それぞれが好きにすれば良い。

伝え聞いている情報では、高台へ移転した建物が多かったらしい。景観が悪くなるほど高い防潮堤も築かれたとか。豪雨で氾濫《はんらん》した川辺でも、同様の対応になるだろうか。ただ、原発の事故だけは、人災の比率が少なくないので、逆に対処ができるはずである。

毎年、大勢（三十人未満だが）を三日間招待し、庭園鉄道で遊ぶイベントを開催してきた。森家にとっては唯一の集いだった。しかし、社会から離れて生きることをモットーとしている森博嗣としてはいかがなものか、そろそろ潮時かと考えて、一昨年の夏で最後にした。すると、とたんに世界はウィルス騒動となったので、またも的中した形だ。

28 毎日、なにかを運転しているが、これが僕の趣味なのかもしれない。

庭園鉄道は、晴れていれば毎日運行する。夏も冬もである。冬は氷点下十度以下になるが、着込んで一周（五百メートル以上ある）だけ運転する。雪が降ったら、除雪車を走らせる。自分の庭の決まったコースをぐるりと回ってくるだけだが、何故かこれが楽しい。

それ以外には、自動車の運転が大好きで、三日に一度はドライブに出かける。特に、昨年手に入れたクラシックカーの運転が面白い。だいたい三十分くらい、お決まりのコースをぐるりと走ってくる。途中で降りたりしない。同じコースを走るのは、その方がちょっとした変化に気づきやすいし、結果的にメカニカルな異状を見つけられるからだ。

なにか思いついて、少し手を入れる。新しい部品に交換したりする。そうした整備も面白い。整備したら、また走らせたくなる。庭園鉄道も自動車も、ほとんど同じである。

ラジコン飛行機もヘリコプタも、操縦するのが面白い。だが、こちらは、「運転」というよりは「操作」である。目と指の仕事っぽい。自分が乗っていないからかもしれない。カメラを取り付けて、ゴーグルを見ながらすれば、運転になるだろう。でも、それをする気にはなれない。やったことはあるが、普通に操作する方が面白いと感じた。運転に似たものに、旋盤《せんばん》などを使った工作がある。旋盤というのは何百キロもある大型の工作機械である。モータで金属を回しておいて、そこに刃を近づけて削っていく。自動ではない。刃を近づけたり、動かしたりするのは手動なので、「運転」に近い。機械の前に立ち、二時間ほどずっと削っていることがあるけれど、なかなか面白い。ドライブに近い感覚といえるだろう。しかも、最終的に欲しかった部品が出来上がるのだ。

コンピュータの場合も、プログラミングをすると「運転」に近い感覚になれる。乗りこなしているな、と感じるときがあって、これが愉快である。

子供のときに、僕は幼児用のペダルカーが欲しかったけれど、もちろん買ってもらえるような代物ではなかった。三輪車もなかった。小学校の四年生のときに、自転車に初めて乗ったが、そのときの感動を今も覚えている。以後は、どこへでも自転車で出かけていった。名古屋市を横断して、反対側の村まで片道三十キロほどの冒険をしたのも小学四年生のときだった。内緒で出かけたので、あとで叱られたが。

自動車の免許は、十八歳のときに取得した。以後、ほとんど毎日自動車に乗る人生だった。運転することが好きで、移動する空間に自分だけがいる感覚も好きだ。かつては奥様が助手席にいたが、今は犬が座っていることが多い。これが一番の趣味かもしれない。

29 その人にとって不都合な理屈は、「屁理屈《へりくつ》」と呼ばれる。

理屈というのは、観測された情報があり、それを論理的に処理して、なんらかの結論を導くことであるが、この後半の部分を「理屈」と呼ぶことが多い。そして、理屈は間違っていなくても、観測された元データが間違っている場合が非常に多く、それによって導かれた結論の価値が消滅してしまう。これは、僕的には「屁理屈」と呼ぶのが可哀想だと感じる。情報をもう一度見直し、同じ処理をすれば、価値のある結論が得られるからだ。

処理が破綻しているのが「屁理屈」というもので、これは、聞いていて「意味がわからない」と戸惑うばかりである。それを持ち出した本人は、自分の理屈だと思っているようだが、論理的な穴が多く、希望的評価にすぎなかったり、あるいは感情的、直感的な判断の域を出ていなかったりする。多くの探偵小説において、探偵が披露する「推理」がだいたいこの類《たぐい》であり、屁理屈といっても良いだろう。そんな理屈では裁判は無理だろう、と思えるし、また科学的根拠もないし、証拠は不当な手順で得たもので、話にならない。最終的に容疑者が自白して、めでたしめでたしになるが、自白など証拠にはならないのが常識ではないか（熱くなってしまったように見えるかもしれないが、勘違いです）。

「こんなことはありえない、と私は思いますよ。いかがですか？　もしありえるとしたら、その根拠を示していただきたい」なんてことを言う人が、どこにでもいるものだが、まず、その本人が、「ありえない、と思う」根拠を示すべきだろう。思っているだけでは不充分であり、自分が勝手に推測した仮説を、相手に証明させる不合理がある。

「人を殺してしまった、と電話をされたそうですが、覚えていますか？」と尋ねると、「いや、私はそんな電話は……」と否定しようとする、そこへすかさず、「イエスかノーでお答え下さい」と要求する。相手はしかたなく、「いいえ、覚えていません」と答えるしかないだろう。「誰にいつ、電話をしたか、覚えていますか？」とさらに質問する。もちろん「覚えていません」と答える。こうするうちに、殺人を自白した電話が本当のことになってしまう。この誘導は、有名なものだが、国会の質問でも似たやり取りがみられるだろう。これも、僕的には屁理屈だ。

「非理屈」という言葉がなく、「屁理屈」が横行しているのも、不思議なところである。世の中には「非理屈」や「悲理屈」や「飛理屈」が多いのに、どういうわけか「屁理屈」がこれらすべてを背負って、立派に活躍しているのだ。ちょっと臭いけれど、それなりに言いたいことや意気込みは通じる、という効果を尊重してなのかもしれないが。

30 「また同じことを」と感じて受けつけないことが、また同じである。

森博嗣の本を読んで、「また同じことを書いている」と思う人は多いはずだ。何故なら、「また同じことを書いている」と思いながら書くことがあるからだ。「まえにも書いたことだが」と言い訳を書くことも、「また同じことを書いているである。こんなに同じことを書いているのに、よくも仕事で「また同じ」ようなものを依頼されるのが不思議ではある。

老人は、「また同じ」「また同じことを言っている」と揶揄されることが頻繁だ。現に、本当に同じ話をしているわけで、非難は免《まぬが》れないところだが、それでも、話している側は、今まさにこれを語らなければならない、という使命感に燃えているのだから、許容してあげよう、という話も、まえに書いたことがある。また同じことを書いてしまった。

書いたり語ったりする側からも一言申し上げたい。それは、読んだり聞いたりしている受け手の側も「また同じ」ように受け止めている事実である。つまり、もう少し違う受け取り方をすれば、新たな発見なり、新たな対処なりができる可能性があるのに、を放棄し、また同じことだ、とそこから読み取れるものを遮断していないだろうか。その努力たとえば、アドバイスというのは、「気をつけろ」「気にするな」「よく考えろ」くらいの意味に集約されるので、どんな場合でもだいたい同じなのである。しかし、そのアドバイスを受けた側にしてみれば、それを自分の立場、環境、条件などに適応して、具体的にどうすれば良いのか、と展開することで、自分の利を求める行動が取れる。同じアドバイスであっても、受け手はいろいろに解釈し、適用し、活かすことができるのである。

しかも、立場、環境、条件は常に変化し、人間は成長し、歳を重ねていくのだから、同じものを受け取っても、それをどう感じるのかは、そのときどきで異なる。それを、ただの言葉だと受け止めてしまうと、「また同じこと」になるわけで、ようするに「また同じ」にしているのは、受け手自身だ、ともいえるのだ。

自然の風景などは、季節によって変化をするが、同じことの繰返しである。それなのに、同じものを見に大勢が出かけていく。同じものを期待して、何度も同じものを読んだり、見たりする。それは、同じことを確かめて安心する気持ちもあり、またもしかしたら新しい発見があるかもしれないとの期待もあるからだろう。この「新しい」発見も、同じものを何度も見ているからこそ、生まれるのである。

人は、自分が感じたいように感じるものである。見つけたいものを見つける。なりたいものになる。すべて外部から受け取るのではなく、自分の心が作り出しているからだ。

31 「こんなにアップしました」というのは、そのまえにダウンしていたから。

「三カ月で十キロも減量しました」といったCMをよく見かけるけれど、それは、ダイエットに成功したことを褒めるべきなのだろうか、それとも十キロも太れた能力を褒めるべきなのだろうか、と迷う。ダイエットの以前に増えた体重が「成長」であったのならまだしも、単に美味しいものを食べすぎただけなのではないのか、とも思う。

「業績が二倍になった」と謳《うた》っているものもよく見かけるが、それ以前に業績が半分に悪化しただけかもしれない。どんなものも、変化を続けているわけで、ずっと一定というのは「生きていない」場合に限られる。活動しているものは、常に好不調があるはずだ。一時期をズームアップして、「何倍になった」と分析するのは、多くは意図的である。

僕は、毎年夏と冬で体重が十キロ変化する。六月くらいが一番軽い。それから少しずつ増えていき、三月くらいが一番重い。三月から六月までの三カ月に注目すると、一週間に一キロずつ減量している。もの凄いダイエットをしているように見られるが、実はなにもしていない。運動もしない。ただ、寝るまえのヨーグルトをやめたり、お菓子を控えたりするだけである。寒くなりはじめると、体重を増やした方が調子が良いし、暖かくなったら、躰が軽い方が動きやすいので、そういった便利さに対処しているだけだ。

非常にコンスタントな生活をしているため、毎日同じ時間にだいたい同じことをしている。だから、同じ時間に血圧や体重を測定すると、変化が綺麗に現れる。体重などは、毎日百〜百五十グラムずつ減る。グラフにすると、凸凹せず、ほぼ真っ直ぐなのだ。血圧は、起きたときと寝るまえに測る。朝の方が十くらい高いが、日々の変化はそれより小さい。起床と就寝の時間も十分もずれることがない。食事も風呂も、時刻が決まっている。

社会の変化は、個人の変化を集積したものなので、数が増えるために凸凹が均《なら》される。戦争でもないかぎり、大きな変化はない。日々の天気ほどの変化もない。どこかが増えると、カウンタバランスのように、どこかが減る。ようは、どこを見るかの違いだ。

ここ最近では、少子化が問題になっていて、僕が子供の頃よりも、日本の子供は半分に減っている。だが、少し歴史を遡《さかのぼ》れば、それ以前に人口が何倍も急激に増えた時代があったわけで、そもそも人の数が増えすぎていたことがわかるだろう。今は、ゆっくりとそれを減らしているのだな、と理解すれば大きな問題とは思えない。

経済ではバブル崩壊が深刻に語られるけれど、問題はバブルの方であり、不況が平常なのだ。コロナ禍で不況な業種があるけれど、これまでがバブルだったということか。

32

「大人気」は、「おとなげ」なのか「だいにんき」なのか。

読めない人がいるから漢字に振り仮名をつけるわけだが、読めるけれど、どちらなのかわからない場合もある。以前に、「人気」を例に挙げた。「人気がない」と書いたときに、「にんき」なのか「ひとけ」なのかで、意味がだいぶ違ってくる。「閑散としたアーケード街は、最近では人気がない」とあったとき、どちらなのかわからない。

「辛い」も、「つらい」と「からい」がある。「歪む」も、「ゆがむ」と「ひずむ」がある。後者は、ほとんど同じ意味だと思われるかもしれないが、僕的には変形のし方が異なる。漢字を使うと、意味が限定されるのが利点だし、文字数も少なくなり、文章が読みやすい。だが、意味が特定できなかったり、振り仮名で文字数が増えたりしては、漢字の利点が損なわれはしないか、と心配になる。

「後」も、「あと」なのか「のち」なのか不明なので、僕は、時間的な位置を示す場合は平仮名で書くようにしている。場所を示す場合は「後ろ」でなければ、「あと」しかない。これに伴って、「前」や「先」も時間を示す場合は平仮名で書くことにした。それから、「時」もだいたい「とき」と書くようにしている。

「捻る」も「ひねる」と「ねじる」があるが、「ねじる」ときは「捩る」を使うようにしている。しかし、「私」を「わたし」と読むか「わたくし」と読むかは、もう読者に委《ゆだ》ねるしかない。意味は変わらないが、ニュアンスは違うとは思う。

「女子」だって「じょし」と「おなご」があるし、「頭」だって、「あたま」と「かしら」がある。こういうことは、作家になるといちいち気になるものだ。作家になるまでは、論文に出てくる用語が限られているから、さほど気にしていなかった。

音読み（漢語）か訓読み（和語）かも、けっこう気にしている。たとえば、「時と場所を選ぶ」というと、「とき」は訓で「ばしょ」は違う。ちぐはぐだ。これは「時間と場所」とするか、「ときところ」とする方が綺麗なのではないか。もちろん、小説の文章は、詩のような美的感覚よりも実用性、リアル感が重視されるべきだとも思うけれど。

漢字の読み方の違いがわかるように送り仮名をつけていた時代もあったし、漢字の部分の読みを統一するように変わったものもあるし、文法的に、活用を考えて仮名を送るものもある。「行った」と「行なった」とか、「落とした」と「落した」とかである。今はどちらが正しいかではなく、自分として統一されている方が大事である。一般では、「読めれば良い」のだが、仕事になると、そうもいっていられないので面倒だ。

33 「ベストセラ作家」と今も書かれるが、どれくらいが「ベスト」なのか。

近頃では、ベストセラもだいぶ数字が小さくなっている。三万部程度でも、この呼称を使うのを見かける。かつては、「ミリオンセラ」といって、百万部が目指す数字だったように想像するが、それは僕が作家になるだいぶ以前の「古き良き時代」の話である。

『すべてがFになる』で鮮烈にデビュー」とも書かれるけれど、「鮮烈」だった記憶はない。この本が出たのは、二十五年以上まえのことだが、その年にはせいぜい数万部しか売れず、話題にもならず、どこかのベストテンにも入らず、僕自身にも反響や手応えというものはなかった。逆に、「こんなもの、ミステリィじゃない」と言われるか、「人間が書けていない」とか、「理系の知識をひけらかしているだけだ」と批判された。もちろん、そういう批判を気にする人間ではないので、その路線で書き続けた。

数年経過してから、ミステリィの仲間に入れてもらえるようになった。これまでに出たミステリィのベストいくつかに、入るようにもなった。おそらく、ミステリィという集合の範囲が広がったせいで、ようやくその中に含まれるようになったのだろう。

発行から十年くらい経過して、だんだん売れ始めてきて、部数が伸びるようになった。テレビのドラマ化やアニメ化が少し影響しているが、それほど顕著でもない。現在、この一作で累計で九十万部くらい出ている。もちろん、森博嗣の作品では一番部数が多いのだが、それでも百万部に届かないのは、いかにもマイナな作家らしいといえるだろう。

百万部というのは、大まかにいえば、一億円の印税が作家に入るような売れ方である。最近では、滅多に出ない数字だ。かつては、漫画雑誌（たとえば「少年ジャンプ」など）が、毎週何百万部も刷られていたが、今は全然届かない、微々たる数字になった。前述のように、僕はここ十年ほど新書を沢山書いたが、これらを合計すると百万部近くになるから、二十冊も書いてようやく『すべてがF～』一冊分か、とも思うし、ヒットしなくても多数書けば、案外簡単に百万部くらいになるのだな、とも思う数字ではある。

印刷書籍は、現在累計千七百万部ほどになるけれど、最近は電子書籍が増えてきて、部数でいうと半分は電子だという本が増えた。予想していたより数年遅かったものの、書店が減ったことや、出版物が増えすぎて、書店で目当ての本に辿り着けない状況が理由だろうか。印刷書籍は、値段がじわじわと高くなっている一方、電子書籍は割引が頻繁にあるのも大きいかもしれない。特に雑誌は電子が当たり前になって、わざわざ「紙の」といわないと通じない世の中になった。「固定電話」みたいなものか。

34

「接待を伴う飲食店」でない飲食店では、接待が伴わないのだろうか？

どうして、「飲食を伴う接待店」といわないのかが不思議なところである。たとえば、「接待を伴わない」というと、自動販売機みたいに、「人間の接待」がない、という意味かもしれないが、ロボットだって接待をするだろう。そんな時代にこれからなる。

店の方も、飲食を伴わないことにして、「接待店」に徹すれば良い。それとも、酒を出さないと「接待」できない仕組みに（人間が）なっているのだろうか。詳しいことを知らないので、いい加減に想像して書いているが、いずれにしても「夜の街」といった文学的な表現も、最近では違う意味に使われていることか、と感嘆した。

「歓楽街」という言葉も、言葉だけは耳にするものの、具体的にどんな街なのかよくわからない。たとえば、「観光」とは微妙に違うもののようだ。映画館は、歓楽だろうか。ゲームセンタはどうだろう。パチンコは歓楽になるのか、とは思う。

「会食」も槍玉《やりだま》に挙がる昨今だが、しゃべることで飛沫《ひまつ》が口から飛び、それが付着したものを口に入れて感染する、と考えると、リスクが高いのは当然だが、どういうわけか、

「換気」さえしていれば防げる、と勝手に解釈する向きもある。「会食」ではなく、会うことと食べることを何故分離できないのかも不思議だ。会うことは、話すためだから、これはネットで充分だろう。そうなると、食事を奢《おご》ったりする行為ができないわけだが、それは店に招待し、招待主はモニタで話をすれば良いし、デリバリィで個人宅へ料理を届けさせれば良い。笑うかもしれないが、これがそのうちスタンダードな「会食」になるだろう。その方がお互いに楽だし、良いコンディションだと気づくはずだ。

　人間を集めようという商売が多くなりすぎた。マスコミもそうだし、多くの団体や組織が、この方針を自然に持っている。人さえ集めれば金も集められる、という道理だったのだが、その考え方がバブルだったと早めに理解した者が、未来で成功するだろう。

　電波やネットで大衆を誘導する時代には、レコードや本や数々のグッズが大量に売れたわけだが、そのうち「もの」ではなく「体験」だと言いだして、「ライブ」が盛んになった。客を集めることで、その場の雰囲気を体験させる。これは観光業でも同じだった。実は、それらの「体験」もバーチャルにできるのだが、そちらには投資をせず、イベントを「数打てば当たる」と猛進したのも、やはりバブルだった。弾けて当然といえば当然。

　人を集めない時代では、都市が崩壊し、大きな施設が不要になり、鉄道などの移動手段も削減されるだろう。いずれにしても、無駄を廃し、自然な方向へ進んでいるのである。

35

「金にものをいわせる方法」という本を書きたかったが、当たり前すぎた。

「金にものをいわせる」というのは、つまり「買う」とほぼ同じ意味である。自分が欲しいものを、自分の好きなように、誰もが「金にものをいわせて」買っているのだ。だから、特に不自然な行為ではなく、日常的であり、当たり前といえる。その方法も、特にこれといって難しくない。ただ、金を出すだけである。交渉する必要もない。つまり、多くのものは、値段が決まっているので、何の苦労もいらない。

もし、値段が決まっていない場合は、交渉することになる。見積もりというものを出してもらったり、業者を選んだり、品物について吟味したりして、交換する金額を決める。「金ならいくらでもある」と豪語するような買いものは、あまり有利ではない。高く買わされてしまうからだ。「足元を見られる」などと言う。

金で買ってはいけないものが法律で定められている。そういうものを金で解決しようとすると犯罪になる。たとえば、賄賂《わいろ》とか買収と呼ばれる対象だ。その類《たぐい》の行為に対して、「金でものをいわせた」と非難されるけれど、「権力にものをいわせる」ようなハラスメントよりは、多少はましな気もする。相手もその交換に納得したからだ。でも、ルールを破っていることには変わりない。

　では、何故そんなルールがあるのかというと、「売ってしまう」人がいるからだ。このような状況を、「金に目が眩《くら》んだ」という。金にものをいわせられるのは、金にものをいわせてほしい人が大勢いるからなのだ。

　金さえあれば問題が解決する、という場合が世の中には多い。というよりも、多くの問題は「金がない」「金が足りない」ことに起因しているといっても過言ではない。このような問題を、「金に困る」というが、金の使い方に困っているのではないし、金をどこに仕舞ったか忘れてしまって困っているわけでもない。たとえば、人材不足のときに「人に困る」とはいわないし、頭の能力不足を、「頭に困る」ともいわないのと対照的だ。

　優秀な人材を送り込む行為は、「人にものをいわせる」だろう。また、優秀な頭脳で問題を解決する行為は、「頭にものをいわせた」ことになる。人も頭も、「ものをいえる」から、この表現が可笑しいと感じるのか。「金槌《かなづち》にものをいわせて釘を打った」「夏はクーラにものをいわせて乗り切った」だったら正しい用法といえるかもしれない。

「あいつにものをいわせるな」というのは、「黙らせろ」の意味であるし、のびのびと自由に活動できる立場に置くな、との指示でもある。作家はものをいっているだろうか。

36 「エクスキューズミー」と「アイムソーリィ」を謝る言葉として習ったが。

子供のときに、「ごめんなさい」の英語を習ったのだが、それがこの二つだった。だが、これらはあまり使われていない。ちょっと謝りたかったら「ソーリィ」だけの方が通じるし、「アイフィールバッド」が普通である。日本語の「申し訳ない」に近い。

「エクスキューズミー」は、「え、何言っているの？」か「ちょっと、いい加減にしてほしい」といった意味で使われるし、「アイムソーリィ」は、「お気の毒ですね」と相手を思いやるときに使う方が多い。自分が悪いのではなく、相手に不幸があったことを示すので、「お悔やみを申し上げます」とほぼ同じだ。謝るつもりで使うと誤解される。「まいったなぁ」という場合も使われる。相手の言い分に呆れたときに出る言葉だ。

今では、もっと「生きた英語」を教えているのだろうか。僕が子供のときの英語教育というのは、明らかに会話ではなく、文章表現に重点が置かれていたし、もちろん、使われる単語などもいろいろ古かったのだろう（今にして思えば）。

英語の勉強に一番適しているのは、英語のドラマや映画を見ることだ。なるべく台詞が多いものが良いから、ミステリィ（イギリスだったらインスペクタ、アメリカだったらディテクティブが登場するようなドラマ）は最適だろう。SFとかアクションものになると、ほとんどしゃべらないし、舞台設定も一般的ではなく、身近な会話が出現しない。「まいったなぁ」といえば、「ギミアブレイク」もある。これも、よく使われるフレーズのようだが、意味通りの「休憩させてくれ」ではなく、「ちょっと、勘弁してよ」くらいの感じか、あるいは、「それはやりすぎ」くらいの意味だろう。

ところで、謝罪会見などで、「どうか許して下さい」と言う人はいない。「ごめんなさい」も、これに近い言葉だから、「エクスキューズミー」という英訳になったのだと想像する。「謝罪いたします」だったら、「アイアポロジャイズ」だろうし、「私が悪かったのです」なら、「アイワズバッド」の方が通じる。謝るときには、相手に赦免を要求するよりも、自分の非を明確にすることが大事なのだろう。つまり、「許してくれ」「責めないでくれ」では、自分の非を認めていない。相手が許さないことを非難しているのに等しいからだ。このあたりが、日本人とは感覚が異なる。「ご迷惑をおかけしたとしたら、申し訳なく思う」というような表現も、微妙なところだ。「私に落ち度があった」とは、だいぶ違うからだ。「謝罪」と「追悼」くらい違う。さらに、その責任をどのように償《つぐな》うのか、という部分で差が明確になるようだ。失敗したときは、気をつけましょう。

37 大衆娯楽は、すべて個人の趣味になる、という大きな流れ。

僕が子供の頃には、プラモデルがどこでも売っていた。文房具店でも買えたし、ちょっとしたスーパなら並んでいた。書店にもプラモデルのコーナがあった。だから、家から小学生が歩いていける範囲に数軒はプラモデル店があって、少年たちはみんなお小遣いを消費して、これを買って作っていた。当時のプラモデルは、シンナを使った接着剤で組み立てるから、部屋中がシンナ臭くなったものだが、おかまいなしだった。

プラモデルは、その後はどんどんマニアックになり、完全に大人の趣味になった。数百円だったものが数千円になり、最近では数万円のものも多い。町中探しても、どこにも売っていない。専門店に行くか、メーカから取り寄せて買うしかない。塗料も専用のものを買い揃え、コンプレッサやエアブラシも必要だし、強制排気を行う塗装ブースも備えるから、数十万円もかかる。コロナ禍で、需要が伸び、メーカは潤《うるお》っていることだろう。

大勢がやっていたものが、一部の人たちの趣味となる、という流れは、いろいろなものに見受けられる。たとえば、スキー、ボウリング、ゴルフ、テニスなどのスポーツ、釣りやキャンプ、サイクリングなどのレジャも、かつて大勢が当たり前に体験していたものだが、今では大人の趣味になった。比較的安かった関連グッズは、マニアックになり値段が高くなっている。それを買う人が少なくなるから当然高くしないと元が取れない。商売の形態がこのようにシフトする、ということである。

映画や音楽、あるいはアニメや漫画や本も、この流れに乗っている。文庫本は、僕が子供の頃の五倍ほどの値段になっている。本を読む人が減った。どこにでもあった書店は、今は滅多に見かけない。読書というものが「大人の趣味」になりつつある。

旅行もそうだろう。安い旅館はどんどん減り、高級なリゾートホテルになる。海外旅行もエコノミィがエグゼクティブになる。すべて値段は上がる。そのかわり、個々に対応したサービスが提供できるという流れである。今後は、飲食がそうなるだろうし、またファッションもそうなっていく。安い方は、食べられれば良い、着られれば良い、という量産品になり、これは「店」ではない販売形態に移行するはずだ。

自分で運転を楽しむクルマが、趣味になるだろう。犬や猫を飼うことも、既に趣味になった。これは誤解されそうだから、書かない方が良いかもしれないが、「子育て」も趣味化している部分がある。結婚も趣味になり、睡眠も趣味になる可能性がある。こうなると、「生活」は趣味なのか。生きていること自体が、趣味だといえる時代になる。

38

「経済を回す」ことにやっきになる人たちは、明らかに空回りしている。

借金をして自転車操業していると、金を回さないと死活問題になる。血液のように循環させていないと死んでしまう、という状況だ。そういう商売は、好景気のときほど多い。「使わない金は死んでいる」と投資家は言いたがる。それが「経済の考え方」だと主張するのだが、その「経済」とは「投資家が儲かる経済」という意味だ。ウィルス騒動で、消費が落ち込んだが、逆に株価は上がった。消費できないから、金が余ってしまったのだろう。使わない金は、未来への可能性に向けられるからだ。貯金や投資が、これである。

金が回っていなくても、金を溜め込んでいる人は、未来への可能性を夢見ることができる。これは、個人の思考を鼓舞する結果となるだろう。経済は回っていなくても、思考は回る。それが悪い状況だと、何をもっていえるだろうか。夢を見られるのは、明らかに良い状況ではないか。

金を使わないと元気が出ない、という人々がたしかに存在するように感じられる。ものを買わないとストレスが溜まる。これは、金を使うように仕向けられ、稼いだ金をどんどん使うような生活に慣らされている、「経済の家畜」として飼い慣らされた人たちだ。

歯車というのは、ある一定の仕事をするために、複数のものが集められ、所定の位置にセットされる。その仕事をしているときは、効率の良い仕組みだが、どこか一箇所にトラブルがあると、全体が止まったり、空回りしたりする。

動物の内部には歯車はない。一定の仕事をする機械には歯車がある。動物は、条件の変化に対応できるが、機械は設計を見直さないと対応できない。「経済が回っている」とは、つまり「生きている」のではなく、「歯車が回っている」という意味なのか。

変化に対応できるシステムも当然ある。たとえば、変速ギアというものは、状況に応じて、歯車の組み合わせを変える。このとき、使われる歯車と使われない歯車が存在する。全体として機能するためには、ある意味、最初から無駄が必要なのだ。選ばれなくなった歯車が、「経済を回さなきゃ」と叫んでも虚《むな》しいだけだ。

生活が変化しても、金を稼ぎ、金を使うことには変わりない。金を貯めることも、経済活動である。人が生きているかぎり、経済は回っている。必要なものは生産され、流通し、消費される。その道筋が少し変化するだけの話である。自分の商売が、その道から外れたときには、素早く対処する必要がある。そんなことは当たり前だ。同じような道にもう一度すべてが戻ってほしいと神頼みするのは、経済活動ではない。

39 「問題」作成や「ミステリィ」執筆で大事なのは、受け手のレベル想定。

この種のことを話題にすると、必ず「上から目線だ」と非難されるのが、最近の風潮である。受験生に解かせるために、試験問題を作るとき、教師は上から目線なのか。小説を書いて、読者に読んでもらうとき、作家は上から目線なのだろうか。たしかに、「下から目線」ではない。下から見ても、全体像は見えにくいからだ。

上から見たときに有利なのは、全体像がぼんやりと把握できることである。受験生や読者というのは一人ではない。大勢いる。しかし、彼らに提出する問題や作品は一つに絞らなければならない。そうなると、どのレベルにするのかが、当然問題になる。

難しくすると、一部の上級者が喜ぶが、大勢に敬遠される。簡単にすると、とたんに大勢が上から目線になって「簡単すぎる」と言いだすが、一部の初心者は「良い問題だ」と評価する。何度も試すことができる立場になれば、レベルを上げたり下げたりして、各層の支持を得ることも可能だが、提出者としての立場が確立していない場合には、そうもいかない。それ以前にまず、どのレベルの集合かを見極める必要がある。

例が不適切だとは思うが、艦砲射撃では、まず遠めに撃ち、次に近めに撃ち、それぞれどこに着弾したかを確認したうえで、三発めで命中を狙う、という話が有名だ。集合のレベルを見極めるときには、この手法が有効である。大事なことは、いつも命中を狙っては、レベルの幅が適切に把握できない、という点だろう。

僕は、最初に『冷たい密室と博士たち』を書き、次に『笑わない数学者』を書いた。遠めに撃ち、近めに撃ったつもりである。ミステリィファンが、どのレベルでどれくらい存在するのかを測るつもりだった。当時からネットがあったので、サンプルは得られるはずだったが、デビューまえだったので、本が出た頃には五作めを書いたあとで、実際にこれらのデータが活かされたのは、六作め以降になった。

ただし、作品というのは、試験問題よりも複雑で、こうした難易度だけで一義的に評価を受けるのではない。いろいろな要素があり、また問題や答も多様化させることが可能だ。だから、簡単なレベルであれば、複雑な要素を取り混ぜ、難しいものでは、シンプルなテーマを盛り込むことで緩和できる。そういった補完が可能なのは、小説というものの特質であり、長く大勢に親しまれる要因の一つといえるだろう。

一方で、読者から見た作家は、一人である。読者は、作品を一義的に捉え、評価する。再読したとき別の（元々あった）価値に気づくのは、このためだ。

40 昨年は、クラシックカーを買い、小屋を建て、蒸気機関車が完成した年だった。

二〇二〇年は、幾つか念願が叶った年だった。まず、長く欲しいと思っていた古い車をついに買うことができた。二十五年もまえの車だが、奇跡的にワンオーナで三万キロしか走っていないものだった。その分、高めだったけれど、ネットで購入し、二カ月後に届いた。その後は、三日に一度はドライブに出かけているし、整備もしている。自分では、バッテリィを交換し、方向指示器を直した程度。オイル交換は既に二回したが、今のところ不具合がない。とても運転がしやすく、楽しめている。もう元は取れたと感じている。

庭園内に、小屋を建てた。ガゼボである。大きさは三メートル四方ほどだが、高さが四メートルもあって、屋根の工事が大変だった。ネットで登山用のロープや金具、ベルトなどを買い揃え、それを命綱にして工事を行った。肉体疲労のため、工事終了後しばらく、膝が痛かったが、二カ月ほどしたら治った。今年の春になって、外壁の塗装を行った。これも一人で実施。まあまあ想像していたものが出来上がって喜ばしい。

蒸気機関車は、七年ほどまえにスタートしたプロジェクトで、ときどき進めていた。部品を購入したり、ちょっとしたパーツを作ったり、あるいは、難しい部分を友人に依頼したりしていた。一番の難関は、エンジンのシリンダの工作で、これは大阪の佐藤隆一《さとうりゅういち》氏に三年ほどまえに依頼した。日本有数の工作の達人だったので、たちまち仕上がって戻ってきた。ところが、このあと佐藤氏が急逝され、僕は一気にやる気をなくしてしまった。昨年、また新しい友人と知り合い、ようやくプロジェクトを終わらせようと決意し、残りの部品の設計や加工などをお願いしたのである。

その機関車は、昨年末にほぼ完成し、庭園内で走行するまでに漕《こ》ぎ着けた。だが、これを書いている現在、まだ問題点を修正中で、完全に完成しているわけではない。

世界中がウィルス騒動で、大都市の多くはロックダウンし、人々は我慢の年だったようだが、僕は長年の願望を一気に片づけることができ、まさに発散の年だったといえる。体調も良かったし、家族も犬たちも元気で、まったくなにも問題がなかった。

作家の仕事は、予定どおり。順調に作業量を減らしている。困ったことも発生せず、まさに安泰だったように思う。というか、作家になって二十五年間、困窮したこともないし、停滞したこともない。こんなに安定した職種だったのか、と驚いている。

蒸気機関車を運転するときは、マスクを着ける。煙を避けるためにゴーグルも必要だ。マスクは煤《すす》で黒くなる。僕がマスクをするのはこのときだけである。

41

火星でヘリコプタが飛んだのには正直驚いた。久しぶりに快挙だと思えた。

日本のはやぶさも凄いが、やはりアメリカも凄いな、と思わされた。ドローンが普及して、あれくらい当たり前だ、と思う方が多いだろうけれど、火星の大気密度は地球の百分の一だ。計算はできるが、おそらく真空に近い部屋で実験を重ねたのだろう。だいたい、ヘリコプタというのは高度の上限がある。空気が薄いところでは飛べないのだ。最近のドローンは、モータの制御技術、センサの感度、それに対するコンピュータの演算速度などの進化で実現したものだ。四つのプロペラの回転数を調整している、とぼんやりと想像している人がほとんどだと思うが、どれかを変化させると、バランスが崩れ、高さや傾きや向きが変化する。簡単そうで簡単ではない。

今やドローンは自動で空中に停止するに至った。おもちゃでも無風だったら浮いていられる。さすがに、屋外で手放しでホバリングできるものは、少し高価だ。加速度のほかに、周辺の障害物、地面の画像などを処理して、位置のずれを検知している。

ドローンが出始めたときに幾つか買って、飛ばして遊んだ。百万円くらいは注ぎ込んだだろうか。ここ数年はほとんどやっていない。あまりにも安定していて、面白くないからだ。最近は、普通の（ワンロータの）ヘリコプタを作ったり、相変わらず飛行機を飛ばしているが、これらも自動飛行制御装置を搭載すれば、勝手に自動で安定して飛び、離陸から着陸まで全自動の時代になりつつある。そうなると、飛ばしても面白くない。自動運転の車ではドライブが楽しくないのと同じだ。最初の数回はもの珍しいかもしれないが、すぐに飽きてしまうだろう。

宇宙に話を戻すが、太陽系のうち、地球に近い惑星や衛星には、探査機を送り込むことができ、地球外にどんなものがあるのか、だいぶわかってきた。僕が子供の頃に読んだ本とは、ずいぶん違う情報が今は得られている。ないと想像されていた物質が見つかった例も数多い。そのうち、生命の痕跡《こんせき》も見つかることだろう。

だが、宇宙はもっと広大で、太陽系の果てでさえ、まだ人類は見ていない。宇宙のどこかに知的生命が存在するのか、というのはたびたび話題になるが、存在しないよりは、存在する確率の方が高いだろう。ただ、今同時に存在しているかどうかは別問題だし、コンタクトが可能な距離と文明かどうかも、さらに別問題である。

月を人間が歩いたのは、僕が子供のときだが、それ以来、その挑戦は中断なのか、再開されていない。わざわざ人間が行くこともない、ということがわかったからだろう。

42

部品の分厚いカタログを一ページずつ眺めることが大好きだった。

電話帳のように（と書いても、最近は通じない形容となってしまったが）分厚いカタログがどこにでも沢山あった。たとえば、僕の父は建築の設計を仕事としていたから、父の仕事場には、建築部材や家具などの見本やカタログが大量にあった。それを捲《めく》って眺める時間が子供のときから大好きだった。特に、たいていのものには値段が記されているから、どれくらいお金がかかるものか、といった現実を知ることもできた。

大学に勤めているときも、頻繁にメーカのセールスマンが訪ねてきて、カタログを置いていく。事務用品から実験機器まで多岐にわたる。実験機器の多くは何百万、何千万といった値段であるが、実際にはカタログの値段の半額くらいで納入されることが多い。これは事務用品でも同様だった。とりあえず、高めに設定しておき、入札で下げてくるのである。こういったものを一ページずつ眺めることで、世の中にどんなものが存在するのかを知ることができた。自分が知らないものがあると、詳しく調べたりもできる。

工作を趣味にしていると、ネジだけのカタログで、厚さ五センチくらいのものを使う。

歯車だけで厚さ十センチ、素材や工作機器なども、何冊にもなる。そういうカタログは、ほとんど無料でもらえるので、いつも手元に置いていた。作りたいものがあると、それらを見るし、また、何を作ろうか、と考える場合も、まずは何が使えるのかを知ることから始める。カタログには、寸法などの図面が掲載されているから、高価なものは、その図面を参考にして自作することができる。そうすれば、必要な強度の計算をしなくても、常識的なサイズの見当がつくというわけだ。

二十年ほどまえから、これらのカタログがなくなった。すべてネットで公開されるようになったためだ。検索も楽だし、探す時間が短縮できる。非常に便利だ。特に、どこで売っているのかを調べなくても良い。どこからともなく宅配便ですぐ届く。

作りたいものが明確にあれば、これでまったく問題ないのだが、何を作ろうか、と思案するときは、カタログのようにページを捲って、ランダムに目に飛び込んでくるパーツから連想してアイデアが生まれるような方法に、ネットは向かない。ぱらぱらとページを捲るような偶然性が、ネットにはない。あまりにも、関連商品ばかりが出るし、自分の好みのものばかりが現れる。つまり、ネット検索に慣れているほど、狭い範囲に絞られた情報しか得られていないことに気づく。これをなんとかしてほしい、と思うのは、贅沢《ぜいたく》な話だろうか。かといって、あの分厚いカタログは、廃品処理が大変だし……。

43 「考えさせられました」ほど、なにも考えずにいえる言葉はない。

せいぜい良い方向に見積もっても、「なるほど」か「ごもっとも」くらいの意味しかない。同じようなものに、「勉強になりました」や「参考にさせていただきたい」などがある。これらの言葉は、相手が言っていることを否定はしないが、自分の考えとは違っている、という気持ちを表すことが多い。「まったくもってそのとおりでございます」ではない、という点に注意をした方が良い。マスコミもときどき、この意味で使うが、自社として反対したい気持ちを、「議論を呼びそうだ」や「疑問視する声が上がっている」などと書く。自分の気持ちなのに、「そうだ」や「上がっている」と他人事にするのが日本語の特徴であり、とりあえずこの場では議論したくない、という意思を示している。

「考えさせられる」といっても、実際にはこれっぽっちも考えるつもりはない。「勉強になりました」も、勉強するつもりはなく、単に、「違う意見の人もいるんだな」という社会勉強をした（つもりでいる）だけである。この「社会勉強」という言葉も、たびたび登場するもので、「社会にはいろいろな面があるのだな（感嘆）」を表す場合に使う。

もちろん、そうではなく、言葉どおりの意味で使われる場合もないわけではない。たとえば、学者どうしの議論や、論文などでは、相手の意見を評価する意味になる。「評価する」とは、価値を認めることではない（単に価値を定めることだ）が、一般には価値を認める意味になっている。誤解を避けるために、「価値を評価する」と書かないといけないときもあって、面倒なことだ。

相手の意見に価値を認めたときは、ひとまずは、「大変参考になりました」と礼を言い、加えて「お時間をいただき、熟考したうえで、当方の方針を修正させていただきます」くらい丁寧に述べないと、「参考にしたい」気持ちが伝わらない。それくらい、「参考にしたい」という言葉が「参考になどなるか（反語）」という意味に成り下がっているのだ。

相手の指摘が鋭く、「刺さった」と反応する場合でさえ、「当たっている面もあるが、そう簡単に諦められない」と思っているから、「考えさせられる」には至らない。刺さっているのに、せいぜい「ちくちくする」くらいの痛さなのだろう。

そうはいっても、「あ、私は間違っていた。言われたことが正しい」とたちまち納得すると、軽い人間だと見られる。僕は、軽いのは「機敏」であり良いことだと考えているが、多くの人は、鞍替えしたり、撤回したり、方針を覆《くつがえ》すことを良しとしない。特に、リーダは「重鎮」というくらい「重く」あるべきなのだ。これは、実に変な話である。

44 「前を向いて進むしかない」というが、その方向が間違っている場合がある。

人間は、目が顔の前に付いている。だから、進む方向に顔を向ける。ということは、誰だって「前に進む」のだ。後ろに進むことはできない。後ろに行きたかったら、そちらが「前」になるように方向転換するしかない。どんな動物だって共通している。

「進む」という言葉が、「前進する」という意味を含んでいる。横に進んだりすることは無理である（反復横跳びくらいだ）。後ろに進むときは、「後退り《あとずさ》」といって、「後進」と表現できるものは、非常に限られる。前進と同じくらい後進できるのは、機関車くらいではないか。ロケットも船も飛行機も自動車も、そういう具合に作られていない。

災害、事故、病気、トラブルなどで大きな被害を受けたとき、「後ろを見てばかりいないで、そろそろ前に進もう」と励ますことがある。このとき、「後ろを見る」というのは、その被害を回顧することであり、また「前に進む」とは、以前と同じような生活を続けることだろう。後ろは過去であり、前は未来だと言いたいわけだが、実際には時間は常に前進しているわけだから、なにもしなくても時は流れる。つまり、立ち止まることさえ不可能だ。被害でマイナスとなり、前進してもゼロに近づくだけの段階もあるが、プラスになるためには、ゼロを通過する必要がある。ゼロを飛び越えることはできない。現在の位置がマイナスであっても、進む行為は、必ずプラスである。

前進するためには、不本意なマイナスの位置にある現状や、そうなった過去を忘れる必要がある、というわけでもない。それらを踏まえて進めば良い。次はもっと良い前進の仕方があるかもしれないし、もしかしたら、これまでとは少し違った方向へ進む可能性も浮上するだろう。それでも、そちらが新しい「前」になることには変わりない。

べつに、前に進むことは義務ではない。進まなければならないわけでもない。ずっと立ち止まり、あるいは過去を想いつづけることも悪くはない。問題は、どんな状況であれ、時間は過ぎていく、ということだ。時間が過ぎれば、動物は腹が減り、エネルギィを消費し、どんどん成長あるいは加齢する。死へ近づいていく。だから、そんな自分に残された時間を、何に使うかという違いがあるだけだ。過去の追悼や反省や、懐かしい思い出に浸《ひた》るのも良いし、これまでにない新しい経験をするのも良い。どちらでも良い。

時間というものは非情である。過去に対して期待したり、夢見ることはできない。やり直すことも、消し去ることもできない。時間の最も残酷な点は、人がなにもしなくても、かまわずどんどん過ぎ去っていく仕組みである。この残酷さに乗って生きるしかない。

45 ワクチン予約で顕在化した、老人たちの浅ましさは、見たくなかったかも。

「百回も電話をしたのに、一向につながらない」と憤《いきどお》る老人が報道されていた。百回も電話をかけ続けたことの異常さもわからない、ということらしい。そういう人が沢山いるから回線も混雑する。「ワクチンなど、いつでも良いではないか」とゆったりとかまえている人は、もちろんいるはずだ。こういった点が、本当の「格差」といえる。

「なりふりかまわず」殺到する大衆というと、これまでにも、トイレットペーパの取り合いなど、ことあるごとにニュースを賑《にぎ》わせてきた。「貧しい国だな」と嘆かわしく感じるけれど、一方では、やはりそれが人間の本質なのだな、とも諦める。特に、子供や若者ではなく、老人がそれをやっているところが情けない。恥ずかしい思い一入《ひとしお》である。

僕の子供の頃の老人と比べて、かなり質が低下しているように感じるのは、どういうわけだろうか。自由奔放になったのかもしれないし、年寄りだからと周囲から尊敬されることがなくなり、年配者としての自覚に欠けるようになったのかもしれない。

「孫に早く会いたいから」と話している報道もあった。そういうことを、老人は言わないものだった。年齢を重ねることで、軽々しい口を叩かなくなるものだった。子供のようにはしゃいだりしないものだった。まあ、それは僕の個人的な幻想だったかも。

「箍《たが》が外れる」という言葉がある。箍とは、樽《たる》などを締め付けているリングのことだ。これが外れると、樽は崩壊する。会社勤めも終わり、目上の者も周囲に少なくなり、誰からも文句を言われない年齢になると、本来の我儘《わがまま》さが表出する、という状態だろうか。これまで我慢してきたのだから老後は自分の好きなように生きよう、という開放感もきっとある。それ自体は良いことだが、子供のようにはしゃいでしまうのは、少しみっともない。少し気持ちを抑えて、「仕事をしている若者に譲ろう」くらいは発言してもらいたい。

ワクチンを政治家がさきに接種したとマスコミが騒ぎ立てたとき、「べつにいいんじゃない」と思う人が正常である。「こんなに何度も電話をして苦労しているのに、不公平だ」と言う人は、マスコミに乗せられたのだろう。煽《あお》られていることにも気づかないとしたら、非常に情けない。まあ、ほかに楽しみがないのか、そうやって腹を立てるのが趣味なのかもしれない、と理解しよう。でも、みっともないことは確かである。

仲間と一緒に歌って、飲んで、踊って、と楽しみにしていた老人が多かったのかもしれない。そういうのは、かつては若者の傾向だった。年寄りは、一人で静かに、どこにも出かけず、静かに読書でもしていたものだ。老人バブルも弾けたようである。

46 あなたは、誰に諂《へつら》っていますか？

「諂う」という言葉は、日常会話では聞かなくなったし、文字で見ることもほとんどないが、かつては頻繁に使われていたように思う。それだけ、昔の社会では諂わないといけない人が大勢いたのだろう。役人とか有力者とか金持ちなどにである。

使わないのは、なにか新しい言い方に代わったのか、と考えてみたが、「媚《こ》びる」「媚を売る」くらいしか思い浮かばない。あるいは、「胡麻《ごま》をする」か。「媚びる」も聞かなくなったし、「胡麻」だって、台所ですり鉢とすりこぎで「擂《す》る」ことは少なくなっただろう。

「諂う」というのは、対人に用いる表現のようだ。「顔色を窺い」その人の前では大人しく、笑顔を作って、「機嫌を取る」わけである。大人の社会では、これをしないと仲間に入れてもらえなかった。自分の地位を得るためには、上の者に諂って、気に入ってもらわなければならなかった。犬が飼い主に尻尾《しっぽ》を振るのと同じだが、犬や幼い子供は、自然に甘えている場合が多く、打算的に諂っているとはいえないだろう。ここが大人と大いに違っている。

昔のドラマなどによく登場した、諂い上手な部下というのがいる。権力者の前では、極端に態度を変えて、絶対に逆らわず、ピエロを演じるのだが、これが面白く、大勢が笑ったのである。また、そういう人物から悪い印象を受けなかった。諂うことの「苦労」をみんなが理解していたからだ。ほんのときどき、反抗の溜息をついただけで、拍手喝采されたものである。そういう社会では、そんな生き方が認められていたことを示している。

最近は、可愛がられて大きくなった若者が増えたから、社会へ出て、「どうしてあんな奴に諂わないといけないのか?」「自分を抑えるなんて嫌だ」という抵抗感を抱くだろう。これは自然の成り行きである。しかし、人に諂って地位を築いた先輩からしてみると、諂うのが当然であり、これが自然にパワハラとなった。女性が男性に諂っていた歴史も長いから、簡単に社会は変わらないようだが、それでもしだいに、合理的な考え方にパラダイムシフトしている。悪い方向性ではない。感情ではなく理屈が通る社会を、人間は目指しているということだ。

ときどき、「権力に諂う」という表現を見かけるのだが、これは、ちょっと変な感じがする。つまり、「権力の顔色を窺う」と言えないように、「人」ではなく、「仕組み」が相手だからだ。こういうときは、「阿《おもね》る」を使う。「阿る」も絶滅危惧種の言葉だろう。

47 マスコミは「人を集める」ことが目的だから、「密禁止」で困ってしまった。

マスコミというのは、突き詰めれば「人集め」が目的である。情報を伝えるために存在するように見えるが、その情報に人が寄ってくることが彼らの成果だ。少しでも大勢が集まるように、と苦労をしてきた。そのノウハウをマスコミは持っていた。だから「宣伝」という商売が成立していた。新聞や雑誌、そしてネットも結局は同じ行為で利益を得ている。人々の活動の大部分は「商売」であり、商売をするためには、人を集める必要がある。だから、人集めの手段としてマスコミが利用できた。

ウィルス騒動になって、「人を集めてはいけない」という、まったく新しい価値観が降って湧いた。命を守るためにはそれが必要だ、と伝えるにも、マスコミを使う必要がある。ここに大いなる矛盾があることに、みんながうすうす気づいたことだろう。

ウィルスに関する報道をしたあと、その舌の根の乾かぬうちに、いつ桜が見頃だとか、この食材が旬だとかいったニュースを流している。そんな報道をしたら人が集まるだろう、とツッコミを入れたい人が多かったはず。でも、マスコミはそれしかできないのだ。

人を集めないような情報といえば、災害、事故、犯罪だけであって、ほのぼのとしたニュースは、みんな集客してしまうものばかりである。

では、人を集めない情報はないのか。そんなことはない。沢山あるだろう。個人の活動を支援するような情報はいくらでもある。ただ、どうしても、それをするにはこの商品が必要だ、この店に行く必要がある、という集客になりがちなのだ。

どうしてこうなるのか。それは、マスコミがもともと自分で情報を探さず、商売をしている人に聞いたり、商売をしている人の申し入れでニュースを作ってきたからである。どんなニュースも、商売の宣伝になっているのはこのためだ。記者は、呼ばれて出向くだけになっている。自分でニュースを探さない。毎年恒例の行事の取材に出向くくらいがせいぜいなのだ。この態勢自体が、マスコミの弱点となっている。それが、今回の騒動で明るみに出た。これは、政治も同じかもしれない。多くのものがマスコミ化しているからだ。人気を集めようとしていると、つい人数を集めてしまう、という道理である。

未来の社会は、今のコロナ禍に見られるように、個人主義が基本になる。人は他者と距離を置き、直《じか》に触れないような社会になるだろう。それが、安心安全な社会であることは確実だ。つい「人との触れ合い」「仲間の絆」といった言葉で宣伝してしまうシステムそのものが、既に過去のものになりつつある。マスコミの未来像は、まだ見えてこない。

48 「持続可能な」という言葉が頻繁に聞かれるようになった昨今だが……。

「持続可能な」を冠する宣伝文句が増えてきた。もともと、「持続」という言葉に、日本人はあまり良いイメージを持っていなかった。「発展」という上向きのベクトルが望ましいものであり、「持続」とは「現状維持」である。「単なる現状維持」と揶揄するくらい嫌われていた。しかし、現実に「発展」ができない時代になり、せめて「現状維持」を、と雲行きが変わってきた。今はそれを通り越し、少しでも「右下がり」を緩やかにしようという意味で「持続」が使われているようだ。これは皮肉である。

「サスティナビリティ」という言葉は、以前からあったし、普通に使われていた。材料や構造などを評価するときの指標でもあった。生産しやすい、安い、使いやすい、というだけでは駄目で、それを使うことで、資源がどうなるのか、汚染はどうなるのか、という広い視野でものを見ること、そういった数字を計算して設計する姿勢を示す。

ただ、最近のレジ袋をなくせとか、プラスティックのストローをやめろ、といった運動は、非常に局所的で、それ自体が単なる宣伝になっているように見える。なにしろ、本気で持続可能な社会を考えたら、その商売自体をやめることが最も目的に貢献するのは明らかだからだ。簡単にいうと、ストローを別のものにするより、飲み物を売らない方が良い。誰が考えても、それくらいわかるだろう。だからこそ、「この程度のことで本当に効果があるのか」と直感的に感じない人はいないと思う。

「面倒臭いことだな」と感じるのは普通の感覚だ。「便利なのだから、良いではないか」という主張だ。しかし、火力発電を、便利だし、安いし、放射能事故もないから良いではないか、と日本は沢山稼働させている。レジ袋やストローをやめることよりも、火力発電をやめることの方が、はるかに「持続可能な未来」につながるだろう。桁《けた》違いに大きいといえる。では、その分を太陽光発電や風力発電で補うのか、というと、そんな新しい設備を生産すること、自然を破壊して設置することが「持続可能」ではない。既にある原子力発電所を使うことが、おそらく最も「持続可能」だろう、とはいえるものの、これには感覚的な拒否反応が今は強い。それも、乗り越えないといけない「面倒臭さ」なのか。

よく「子供たちの未来のために」という言葉も聞かれるが、子供なんて十年か二十年で大人になる。そんな直近の心配をしていては、人類の未来は危うい。百年後や二百年後のことを考える必要がある。ウィルスと温暖化は、もう数十年まえから、人類の課題として議論されてきた。今に始まった話ではないし、これからずっと持続する問題である。

49

とはいえ、思っていたよりも改善している社会・環境問題が幾つもある。

六十年以上も生きているから、子供のときの時代は、既に「歴史」になったといえる。自分はずっと同じ社会にいるつもりでも、社会が大きく様変わりしている。たとえば、世界に存在する国など、最近では知らない国名が増えた。いったいどこにあるのか、と探すことが多い。アジアやアフリカに貧しい国が多かったが、最近の数字を見てみると、思ったほどではない、という認識になる。いずれも劇的に改善されていて、貧富の格差も小さくなっているようだ。子供たちにも医療が行き届き、教育環境も整備されつつある。どん底の生活を強いられる人々の数は、激減している。現在では、多くは戦争による貧困が目立つけれど、その悲惨な戦争やテロなども、昔よりも減っているのをご存知だろうか。

アフリカでは、子供が沢山死んでいるから、どんどん子供が生まれている、とかつては伝えられていたけれど、今はそれほどでもない。子供の死亡率が激減した結果、子供の数は抑制されつつある。義務教育を受けられない子供の数も、ずいぶん減った。この改善は、特に女子において顕著のようである。

身近な日本のことでいうと、犯罪は減っているし、交通事故も殺人も減少している。ニュースで住宅火災が映像として取り上げられるようになったのは、カメラを持っている人が増えたからだが、火災の件数や死者はずっと減少している。「煽り運転」も、そういう言葉が生まれ、映像が出るようになっただけで、昔の方が多かっただろう。つまり、多くのものが改善されていて、社会は安全な方向へ進んでいるのだ。

トラやサイが絶滅寸前だと騒いだのは、数十年まえのことで、現在では減っていない。むしろ増えている。保護活動に力が注がれたおかげだが、それよりも、そういったことに資金提供するほど、社会が全体として平和になり、余裕が生まれたと考えられる。

こういったことは、ネットでちょっと調べてみれば、数字で確認ができる。だが、それをしない人が多い。ずいぶんまえに聞いたり読んだりした情報が、今もそのまま継続していると信じている。どういうわけか、マスコミはこのような前向きの成果を大々的に発表しない。悪いニュースは強調して伝える一方、これだけ改善されたというニュースは滅多に出てこない。何故だろうか？　不安を煽ることで、寄付を集めたり、現政権への批判につなげたい、という下心があるためだろうか？

「こんなに良い社会になったんだ」と話し合うことは、僕は必要だと思う。ときどき、そういった確認をきちんとした方が良い。安心は油断を招く、というものでもない。

50 謝罪するというのは、「誤解を招く」ことが悪いからなのか？

失言で謝罪するときに、自分の意図しない方向へ受け取られた結果に、「それは誤解だ」と主張しつつ、ただ、そんな誤解を招いた責任は自分にあるので、とりあえず頭を下げておこう、というような感じで、この言葉が出る。だが、「誤解」とは、受け手が自由に勝手にいつでも、どんなふうにでもできる行為であるから、誤解を完全に防ぐことは不可能だ。どんな発言をしても誤解は完全には避けられない。それに、「招いた」と自戒するのも、やや卑屈ではないか。日本人らしい不思議な言葉といえよう。

マジシャンとかミステリィ作家などは、誤解を招くのが仕事である。誤解を招かなかったら、逆に責められる。「駄目だよ、そんなんじゃや、誤解できないじゃないか」と叱られる立場である。つまり、誤解を招いてはいけない仕事と、誤解を招かなければいけない仕事がある、ということだ。

多くの商売は、誤解を招く方だろう。たとえば、宣伝というものは、そもそも誤解を招くように考え尽くされている。他の商品とほとんど変わりがないのに、自社のものが優れている、他店よりも安い、サービスが良い、と誤解を上手く招いた方が競争に勝つ。

先生や上司に取り入るのだって、誤解を招いている。自分を良く見せよう、大きく見せようとする行為は、すべて誤解を招く。化粧だってそうだし、高いブランド品を身につけるのもそうだし、ネットに自撮り写真をアップしたときだってそうだ。みんな、誤解を招きたい人ばかりではないか。こう考えると、「何が悪いのか」という話になるだろう。

言葉として不思議なのは、「誤解を促す」といわず、「招く」と表現することである。「誤解を誘う」であれば、ときどき使われる。「促す」はやや積極的、強制的だろうか。「招く」と「誘う」は、この場合ほとんど同じ意味である。

しかし、問題はそこではない。そもそも「誤解」だったのか、という点が重要だ。多くの場合、実は「誤解」ではない。発言した方も、そのつもりがあって、その言葉を選んだし、受け止めた方も実は、正しく意味を解釈している。それを「誤解」だったことにしようとしている点が、言い逃れ、弁解であり、いわば苦し紛《まぎ》れに近い。「真意ではない」ともいうが、「何故真意を伝えなかったのか」という問題は残る。

おそらく、半分は誤解されることが前提での言葉選びだった。明らかに、誘っている「釣り」だということ。言葉で仕事をしている人にとっては、「誤解されて、なんぼのもん」なのである。律儀に「誤解」した側が、釣られているといえる場合がほとんどだろう。

51 「断腸の思い」を一度も体験したことがないが、どうしてかな。

ネットを見ていると、皆さん、軽々しく「断腸の思い」をされている様子だ。たとえば、買い集めていた本が増えすぎて、これを売るくらいのことで、この言葉を使う。その程度では「残念」だって大袈裟だと思う。言葉というのは、大袈裟なほど面白おかしいから、あえて使われるのかもしれない。「ほんの少し断腸の思いをしたかなって、くらいの感じでした」というふうに戯《おど》けて使えば、多少の救いはあるだろう。

以前に、「泣いて馬謖《ばしょく》を斬る」について書いた。これも同じレベルの表現であるが、なんらかの決断を伴っている。「断腸の思い」は、決断を伴わず、ただ悲しい、ただ残念だ、という意味で使う。ただし、自分が失敗をして、それを恥じ入るようなときは、断腸の思いではまずい。たとえば、警察にご厄介になったあとで釈放された場合には、使えない。それは「忸怩《じくじ》たる思い」である。間違えると、恥ずかしくて断腸の思いが味わえるかも。

ワープロだと、ときどき「団長の思い」と出てしまう。何度か見た。サーカス団のリーダが、経営不振でリストラし、「泣いて馬謖を斬った」のかもしれないが、団長がどんな思いだったのか、と察する団員がいたら健気《けなげ》である。

漢文の授業で習った。「断腸の思い」の由来は、猿である。子供を失って、泣いて死んでしまった母猿の腸がちぎれていた、という話だ。わざわざ、死因を調べるために解剖《かいぼう》したのか、と突っ込みたくなるが、そんじょそこらの悲しみや苦しみではない。

「死ぬほど悲しい」と言葉ではいっても、実際に悲しみで死ぬことは、そうそうないはずだ。腸がちぎれるというのは、今ふうにいえば、ストレスで体調不良になるように、精神的苦痛が肉体的な症状を伴うことだろうか。

「身を切られる思い」という表現もある。だいたい同じだが、動詞が受身だから、誰かに切られた外面的な傷である。しかし、「断腸」というのは、外部からはできない。つまり、悲しみのエネルギィによる自身の力で切れてしまうのだから、一段と凄い。

「胸が張り裂けそうな」というのもある。「爆胸の思い」という言葉はないが、想像しただけで悲惨である。「そうな」が伴うので、まだ「張り裂けた」わけではない分、穏やかではある。断腸の思いであれば、「腹が捩《ね》じ切れそう」といえるのではないか。

ところで、盲腸の痛さは、断腸の思いだろうか。尿路結石は、かなり痛いらしい。癌《がん》などの病気で、内臓の一部を摘出するようなときも、断腸の思いなのではないか。こういう不謹慎なことを書くからいけないのだな、と忸怩たる思いである。

52

馬鹿は、「馬鹿な真似」をしているわけではない。

「真似」というのは、誰かに似せた行為という以外に、単に「行為」を意味するので、「馬鹿な真似をするな」と叱ったとき、「馬鹿のモノマネをするのはやめろ、君は馬鹿ではないだろう?」という深いアドバイスではない。「何の真似だ?」というのも、「誰のモノマネをしているかわからないぞ」ではなく、単に「何のつもりだ?」の意味である。

人が失敗をしたり、間違った行動を取ってしまったとき、「馬鹿なことをしてくれたものだ」と周囲は嘆く。ときには、「やめろ!」だけで通じるのに、「馬鹿をするな!」と叫んだりもする。このような例からもわかるとおり、「馬鹿」というのは、間違った行動をする人、間違った考えを持っている人を表す言葉である。つまり、けっして「知能が低い」ではないし、「成績が悪い」でもない。少し考えればわかることだが、本人の能力とは無関係であり、外部が観察した評価であり、それは観察者の意向にそぐわないことを意味する。ようするに、「君は、私にとっては馬鹿だ」と言っているようなものだ。

それもそのはずで、ほとんどの人が、自分の利益になるよう多少なりとも考える。故意に自分が損をする選択はしない。教育を受けているし、言葉も理解できる。社会のルールも知っているし、他者がどう考えるのかを想像することができる。そのうえで、自分が最も楽しめるだろう、という選択をするのだから、どう見たって馬鹿ではない。能力不足で本当に馬鹿な人だったら、周囲が保護し、援助するだろう。それくらいのシステムは、今の社会には整っているはずだ。

ただ、少しだけ遠く、少しだけ先が見通せない、あるいは、他者の感情を少しだけ読みきれない、といったほんの僅かな思考力不足で、損をしてしまう場合がある。たとえば、犯罪者になるような人が、この類だろう。

目先の利益を選んでしまうのは、その方が自分にとって得だ、という間違った判断をしたからだ。その場合でも、捕まっても良い、犯罪者になっても良い、という彼らなりの価値評価をしているわけだから、実のところは馬鹿ではない。一般の人から「馬鹿だな」と見られているにすぎないわけで、逆にいえば、法律に縛られ、あくせく働き、不自由な生活をしている一般人の方が、彼らからは馬鹿に見えていることだろう。

ところで、犬は人間よりも明らかに馬鹿であるが、とても人懐っこく、悪いことをしないし、健気で明るく、飼い主に可愛がられる。犬も、馬鹿な真似をしているわけではない。彼らにとって、常に最適の選択をしているはずだ。

53

僕の庭仕事は、春と秋が忙しいけれど、春の方が多種にわたって複雑である。

秋が忙しいというのは、落葉掃除である。これは、同じことをずっと繰り返す。ブロアで吹き集め、袋に入れて運び、ドラム缶で燃やす。単純な作業である。それに比べると、春はいろいろある。主な仕事は芝生の管理。毎年様子が違うから、地面のエアレーション（スパイクで空気を入れる）、目土盛り、サッチ（枯葉や古い根）除去、種蒔《ま》き、芝刈りなどを逐次《ちくじ》判断して行う。このほかに、草刈り、枯枝集め、線路の補修などがあり、さらに、冬の間できなかった工作を屋外で行う（塗装、溶接、木材加工など）。

僕が世話をしている犬は、僕が枝を拾うだけで興奮するが、これは子犬のときに、僕が枯枝を拾い集めているのを横で見ていたからだ。今も、ほとんど一緒に庭に出るし、ずっと近くにいる。遠くへ行ってしまうことはない。しかし、長く目を離すわけにもいかず、集中して作業するときは、家の中に入るように指示する。

奥様は、僕よりも庭に多くの時間いらっしゃる。主に花や野菜を植えているようだが、詳しいことは知らない。僕が関わっているのは、彼女がホームセンタで土を買うとき、運転手を務める場合だけ。大量に土を買うから驚いている。苗や種や球根は、通販で購入しているようだ。土だけは、通販だと馬鹿高いから店で買うのだろう。

枯れた樹を伐採したりするときは、相談になる。僕が切り倒せる樹は細いものだけで、太いものは業者を呼ぶことになる。一日で五万円くらい出さないといけない。風で倒れるまで放っておいても良いのだが、なにかにぶつかると危ないし、健康な樹が被害を受ける。根元で折れて倒れる樹は限られていて、だいたいは上の方から少しずつ折れる。

庭園に野生の動物がときどき現れるので、夜中でも撮影ができるカメラを仕掛けておくと、狐や猫が映っている。実は梟《ふくろう》を狙っているのだが、まだ撮影に成功していない。リスは一年中、特に朝方に見かける。あとは、野鳥である。これは、どんどん違う種類が訪れる。巣を作って卵も産む。虫は蝶《ちょう》や蛾《が》が多い。被害があるのは、蟻《あり》とモグラとキツツキだ。蠅《はえ》はいるが、蚊はいない（これは水がないせいだろう）。ゴキブリもいない。

工事に近いガーデニングも行う。僕はベンチやテーブルを作るし、奥様はレンガやタイルを地面に埋め込む作業を担当している。こういった工事で何が一番大変かというと、材料を買って、運ぶときだ。運んでくれれば、あとはマイペースで少しずつ進められる。

日本ではキャンプが流行《はや》っているそうだけれど、森の中に住んでいると、どこかへ出かける気にはならない。自分の庭でいつでも、バーベキューも焚火《たきび》もキャンプもできる。

54 どうして「みんなで一緒に」という発想になるのか、みんなで一緒に考えよう。

これは何度も書いているから、またかと思われるかもしれないし、みんなで一緒にすることが良いと信じている方には、理解不能な方向性だろうけれど、繰り返し書こう。

どこのニュースだったか、コロナ騒動の最中、「医療従事者への応援の目的で花火を打ち上げた」とあった。見物者が集まらないように工夫はしたみたいだが、どうして医療従事者への応援になるのかは理解不能だった。単に、やりたいからやりました、ではいけないのだろうか？　飲食店を応援するために外食する、と話す人もいて、単に、食べたいから食べにいった、とどうして言えないのか、僕にはわからない。日本というのは、自由な発言が許されている国ではなかったのかな？　誰に気を遣っているのだろうか。

過去の災害で追悼式なるものが行われるけれど、何故大勢で一緒にする必要があるのだろうか？　仲間どうしで励まし合いたいのなら、いつでもそれぞれが話をすれば良いことだし、一年に一度でなくても良い。また、場所もどこでも良いと思う。僕はそう考えるというだけで、やめなさいとか、いけないことだ、と批判しているのではなく、疑問である。

たとえば、感染が怖いと感じたら、外出しなければ良い。子供も学校に行かせなければ良い。「外出禁止にしてほしい」「学校を休校にしてほしい」と声を上げるよりも、まず自分が信じることをする。その方が早いし、簡単だ。外出しないのも、学校を休むのも、法律で禁じられているわけではない。通勤中の感染が怖かったら、会社を休めば良い。それで解雇されたとしたら、そういう会社なんだと認識すれば良い。もちろん、事前に理由を述べて、休ませてほしいという交渉くらいはした方が無難だろうが。

みんなでやらないと不安だ、自分一人ではできない、というふうにしか考えられないのはどうしてなのだろう？　ここが不思議な点である。僕が、「会」「式」「祭」がつくイベントが嫌いなのは、つまりは、どうして一箇所に集まって同時にみんなでやらなければならないのか、その理由が理解できないからだ。僕は、自分の時間を自分が思うとおりに使いたい。ただそれだけの単純な欲求である。人はどうだって良い。人それぞれだ。

入学式とか成人式とか、けっこう喜んでいる人がいるのが観察されるから、一緒にやることが好きな人がわりと沢山いることは知っている。だったら、一人でいることが好きな人がいるのだって知ってもらいたい。「一生に一度のことだから」とおっしゃるのだが、どんな時間も、どんな行為も、どこにいても、一人であっても、すべてが一生に一度のことである。一生に一度の自分を、常に大事にしたいと願っているだけだ。

55 水遊びはさせるのに、火遊びはさせないのは、どうしてだろうか？

「水遊び」は悪い印象がないのに対して、「火遊び」は良い意味では使われない。火遊びは、危険が伴う遊びの比喩として使われるし、特に大人の男女の秘密関係を示したりする。火が危ないのは確かだが、夏になると毎日のように水難事故が報じられる。川や池で溺《おぼ》れる子供や大人が多い。多くの場合、自分は泳げるという人が溺れて亡くなっている。

小学校にはプールがあって、水泳の授業が行われている。どうして、そんなことを教えなければならないのか、理由はよく知らないが、少なくとも水難を減らす効果はないだろう。何故なら、プールの経験がない子供は、水に近づかないからである。

僕が小学校のときには、理科の実験でも、家庭科の授業でも火を使った。マッチを擦って、アルコールランプに火を点《つ》け、これを消すときは炎に小さな蓋《ふた》を被《かぶ》せるのだ。これはなかなかスリルがあった。でも、空気を遮断すれば火が消えることが理解できる。化学反応で水素を作ったときも、マッチで火を近づけて、ぽんっと爆発するのを観察した。水素が燃えるからだ。どれくらいの爆発なのかを知る経験ができる。

ガソリンに火を点けると、どうなるか。子供のときに、野焼きをしていた大人が、ガソリンを使っているのを見て学んだ。ピンポン球がストーブの上にのって火が点いたときは、彗星《すいせい》のように何メートルも勢い良く飛んだ。セルロイドは、引火する事故がよく起こるほど大変燃えやすい材料だ。こうしたことを一度でも経験すれば、火の怖さ、火の勢いの程度が理解できる。その後、役に立つ場面があるはずだ。

今は、家庭にも火がないから、子供は火を間近に見る機会がない。コンロもストーブも電気になった。ガソリンが危険だといっても、車の中、見えないところで爆発しているだけだ。除菌のためのアルコールが、どれくらい燃えやすいかも知らない。そんな子供が大人になって、バーベキューをしたり、アルバイト先でカセットボンベを使っているのだ。

ところで、僕は毎日火を燃やしている。落葉も枯枝も燃やす。工作では、ガスバーナを使うし、溶接をするし、ハンダづけもする。蒸気機関車は、石炭を燃やして走る。機関車自体が高温になるから触れない。でも、子供のときに火傷《やけど》をして以来、一度も火傷をしていない。アルミは焚火で溶ける。銅や鉄は、ちょっとやそっとでは溶けない。でも、少し熱くなるだけで、変形しやすくなる。そういうことを感覚として知っている。鉄骨の建築物が火事で崩壊するのは、溶けるからではなく、軟化するからだ。炎に近づくとどうなるか、火の勢いは風でどれくらい変わるのか。子供には、火を見せた方が良いだろう。

56 意見に反論するときに、相手の人格を攻撃することについての是非。

論争においては常套的な戦略だが、けっして論理的ではなく、それは話が違うだろう、という印象を第三者に与える。もっともらしいことを言っているが、この人物は過去にこんなことをした、そんな人間が言うことが信用できるのか、という「理屈」である。

意見の内容と性格や過去の行いは別であろう、と普通は考える。だが、現実には全然そうではない。どうしてかというと、人間の頭の中は覗《のぞ》き見ることができないからだ。何を考えてその意見を述べたのかは、発言者の行動や過去の履歴から推察するしかない。

また、こちらを非難してきたとき、「お前だって、同じようなことをしているじゃないか」といった反論も、常套的な反撃として散見される。相手が悪いことをしているから、自分への非難が弱まるとは、不合理なことだ。この論法は、みんなでやれば悪くない、という理屈に到達してしまう。なんらかの欠点を抱えている人間は、他者について非難や指摘ができないことにもなる。それでは、社会の利益にならない。

たとえば、宴会の自粛を訴えていた政治家自身が、実は宴会をしていた、といったスキャンダルが何度も報じられた。相撲《すもう》でいうと「脇が甘い」といったところか。こういったことに市民は腹を立てるわけだが、では、その種のスキャンダルを追い続ける週刊誌の記者たちは、どうして一般の若者が路上飲みをしているところへ行って、彼らを追及しないのだろうか？（しろという意味ではない）記者たちは、夜の街を歩き回り、夜間の外出を自粛していなかったのに、何故非難されないのか？　もっと根本的なことは、宴会の自粛の訴え自体が悪い判断ではない、ということを誰もが理解しているはずで、「政治家がやっているなら、みんなやれば良い」という話にはならない。それなのに、こういったことがニュースになるのは、みんなで「怒りたい」という願望がさせるものだろうか。

そうではない。つまり、「自分の身になって考えてほしい」という気持ちが、このような議論の動機である。人に訴えるのなら、自身にも訴えてほしい、相手がどう困るのか、自身も困ってほしい。「君は私にそう言うけれど、たとえば、君のこの行為は、それに該当しないだろうか？」というように、立場が違っていても、理屈は誰にも当てはまるもののはずだ、ということ。これが「フェア」と呼ばれている基本条件なのである。

人は、自分が非難されると、自分が攻撃された、相手は敵だ、と頭に血を上らせてしまう。そして、同じように相手を攻撃しようとする。だが、いつも深呼吸をして、意見や論理が誰にも適用されることを、よく確認した方が良い。それが「理性」というものだ。

57 「できます」「可能です」という言葉が、文系と理系で意味が異なっている。

この問題は、何度か書いているし、また実際に（特に仕事の関係で）誤解を生むことが多く、僕は気をつけて話したり書いたりしている。けれど、多くの方が「世の中は文系が支配している」と思っていらっしゃるのか、まったく無頓着《むとんちゃく》なので、心配してしまう。

たとえば、仕事で依頼を受けるときに「できます」「可能です」は、ほとんど同じように使われる。こうして、実際に仕事を頼んだとき、おうおうにして「できませんでした」とか「遅れます」となる。ときどきではなく、非常に多い。仕事とはそういうものだ、との認識が一般的であると観察できるほど多い。この場合の、「できる」「可能です」は、非常に正しい表現として用いられているので、理系的使用といえる。何故か文系の方も、このように使っているわけだ。できると思ったけれど、できなかっただけだ、と。

ところが、普通の会話や議論では、そうではない。「できると言ったじゃないか」「可能なのではなかったのか？」と問い詰められることがある。これは、文系的な言葉の理解に基づいている。すなわち「できる」とは「必ずできる」の意味であり、「可能」とは「必然」と解釈されているのだ。

「できますか？」と問われ、「可能です」と答えるとき、理系であれば、「可能性はある」という意味になる。「必ずできる」ではない。もう少し厳密にいうと、「できないわけではない」というのが、「可能である」の意味だ。つまり、「できます」も「可能です」も、「できるかもしれないし、できないかもしれない」の意味なのだ。「必ず」ではない点に注意してほしい。僕の感覚だと「できる」「可能だ」「可能性がある」の実現確率は、八十、五十、二十パーセントくらいである（場合によって異なるが）。

ときには、一パーセントでも可能性があれば、「まあ、可能ではあります」といえる。「可能だ」とは、「必然ではない」ことを意味しているので、現実的な約束や契約には使えない。つまり、依頼があったとき、「できますよ」と答えるのは、「やろうと思えば、できないことはない」程度の意味であって、「絶対やります」ではないわけだ。

だから、多くの人たちが、〆切に遅れたり、約束の時間に現れなかったりするのだろう。彼らは、「少なくとも今はそのつもりだ」程度の意思しかなく、明日の自分が同じ思いだとは限らない、と知っているし、電車が遅れるかもしれないし、天候が最悪だったり、非常事態宣言が発令されるかもしれない、という可能性については、まったく考慮していないわけである。そういう人たちと仕事をするのが嫌で、僕は逃避した。

58

「口走る」という行為は、意識的にできるものではない。

「さあ、今から口走ってやろう」というわけにはいかない。「口走る」とは、話してはいけないことを、無意識にしゃべってしまうことだ。英語だとスリップ・アウトだが、これは「口が滑《すべ》る」と日本語にできる。「走る」が使われているのは、走る行為が、軽はずみであるためだろうか。というよりも、「走る」には、前面に出るといった意味合いがあるからだと思う。「先走る」などは、先頭に立つことだが、これも軽はずみな印象で使われる例が多いだろう。

読みが「嘴《くちばし》」に似ているので、嘴でつつくことを連想する。これは英語でペックだ（ウッドペッカをご存知だろうか）。また、つついて食べることは、「啄《ついば》む」という。毟《むし》りながら食べるから、食い散らかしたようになる。お行儀の悪い印象だ。「迸《ほとばし》る」にも音が似ている。これも、飛び散るという意味で、なんとなくイメージが似ているから不思議だ。言葉というのは、そういうものなのか。

人に話せないことでも、自分の恥ずかしいことではない。会社の秘密、仕事関係の秘密で、上から口止めされている。このような秘密は、話してはいけないという意識が常に働いていて、逆に常に意識している。だから、ちょっとした会話、無関係な話で、ぽろりとそれが出てしまうのだろう。多くの場合、独り言のように、感想などの言葉が出る。聞いた方は、「え、何の話?」と問うだろう。そう、尋ねてもらいたいという気持ちがあるから、口走ってしまうのである。

こういう心理は、「語るに落ちる」という状態だ。問い詰められても話さない人が、自分から語るからである。「語るに落ちる」は、「語るほどの価値もない」という意味の誤用が蔓延《はびこ》っているみたいだが、面白い誤用ではある。

「口走る」があるのに、「手走る」はない。「手が先に出る」の意味で使えそうだが。「血走る」はある。これは、血が逆ることだし、また目が充血したような感じで、異様な目つきのとき「目が血走っていた」と使う。腹が出ることに「腹走る」も使えそうだ。もちろん、「足走る」もない。当たり前すぎるからだろう。

「口走る」は、他者から観察して判明する行為ではない。何故なら、無意識かどうかなんてわからないからだ。したがって、「君は、何を口走ったんだ?」というような状況は、少し変だ。しゃべってはいけないことを漏らしたときでも、わざとリークしたなら、口走ってはいないのである。「失言」というのも、口走ったかどうかは、まあ半々だろう。

59 オリンピック選手に対して、出場を辞退するように訴えた人たちについて。

実情は知らない。遠くから、ただネットのニュースをちらりと見ただけで、無責任なことを書く。「いくらオリンピックに反対だからといって、選手にそんな訴えをするのは非常識だ」との意見が、あちらこちらから出たらしい。それについてである。

まず、もともとオリンピックを日本で開催したいかどうか、という民意は割れていた。僕の印象では、都民でさえ半々くらいだったように思う。そのときと事態が変わったのだから中止すべきだ、と考えるのも間違いではない。しかし、自分が参加（観覧）しなければ良いだけの話ではある。ウィルス感染拡大を阻止したいのなら、鉄道の運行に反対した方が効き目があるのではないだろうか、くらいにしか僕は思わなかった。

さて、スポーツ選手というのは、立派な仕事である。彼らは、努力や鍛錬《たんれん》や才能によって、自身の格好良さを売る商売をしている。オリンピックに出てメダルを取ろうものなら、もう一生安泰の商売だ。「夢や勇気を与える」と表現されているけれど、それは映画スターでも同じだし、エンタテインメントのビジネスでも同じである。パチンコ屋だって、宝くじだって、「夢」を売り物にしているビジネスだし、夜の街の居酒屋だって、「夢」や「勇気」を売っている場所かもしれない。

感染を止めるために、そういった商売に人が集まらないように抑制する政策が取られている。本当は、店を閉めさせるのではなく、店に行く客を止めるのが筋であるが、それは大勢すぎるし、国民の自由を奪うことになって抵抗感があるだろう。だから、細やかな補助金などで「協力」をお願いする、との形になっているわけだ。

となると、選手に対しても、店を閉めてくれとお願いすることは、政府がしていることと同じではないだろうか。そういった訴えを非難するのは、「店に行く奴が悪い、店は悪くない」という理屈とほぼ同じである。いかがだろうか？

直感的に、僕はそう受け止めた。だから、「○○選手には参加しないでほしい」と呟《つぶや》いたりメールを送ったりするくらいは、まったく問題ないと思えるのだ。それに対して、選手も、「自分たちはこのために努力をしてきた。辞退はできない」と返答するのも、また問題はない。双方とも、自分の意見を述べている。全然悪くない。悪いのは、他者に対して、「そんなこと言うな」と注意をする人たちだ。その空気が良くない。

ウィルスのおかげで、当たり前のように続いていたイベントについて、大勢が考えるようになったのは喜ばしい。「無駄に金を使い、勉強になったでしょう？」と僕は思う。

60 もちろん、仕事だからといって見下げて良いというわけではない。

前掲のスポーツ選手は仕事だ、というのは、ビジネスで金儲けのためにやっている、という意味だが、だからといって、軽蔑しているわけではけっしてない。ビジネスも金儲けも、いずれも立派な「社会貢献」といえる。社会に貢献しているから、金がもらえるのだ。人を騙したり、社会に悪影響を与えて金を儲ける行為は、犯罪となる。

自分を格好良く見せることで、金を得るというのは、格好の良いことではないが、だからこそ仕事になる。苦労が必要だし、そういう振る舞いを強いられる。特に、プライベートでも制約が大きく、大変な仕事だろう、と想像するばかりだ。

格好良く見せるためには、実際に格好の良い見た目でないといけない部分もある。また、苦労をしていることがわかりやすい方が良い。病気や怪我を克服するといったストーリィは、その点ではわかりやすく、マスコミが好むだろうし、実際に多くの「感動」を誘えるので、都合が良い。だからといって、わざと病気や怪我をするのはリスクが大きすぎる。そのあたりも、大変なところだと思いやるばかりだ。

国民に夢と勇気を与えてくれる、という綺麗な言葉で宣伝されているが、これはつまり「社会貢献」の一つの要素でしかない。ごみ収集の仕事だって、スーパのレジだって、同じ社会貢献だ。社会に貢献した質と量に見合うだけの賃金が得られる仕組みになっているし、どんな仕事でも、なり手がいないと困ったことになる。地道に働いている人を見るのは、気持ちの良いものであり、そういう人から夢も勇気ももらえるだろう。

職業に貴賤はない。それなのに、子供や若者が憧れたりする人気の仕事が存在するのは、そういった「格好良さ」が商売の要素になっているからだ。逆に、一見して「格好悪い」ような要素を持つ仕事は、人気がないけれど、往々にして賃金が良く、食いっぱぐれの少ない職種になる。人気商売が、当たり外れがあったり、長続きしなかったり、保証がない、潰しが利《き》かないなどのリスクがあるのとは対照的だ。世の中上手くできている。

僕は、大学の教官（研究者）と小説家という二つの仕事を経験したが、いずれも憧れてなったものではない。なりたいと思ったこともない。子供のときは、先生は嫌だと思っていたし、国語も大嫌いだったので、まさか文章を書く仕事に就くとは思ってもみなかった。なりゆきで、できる仕事に就いたというだけだ。自分の子供に対しても、「なんでも良いから、稼ぎなさい」くらいの気持ちだったし、今、彼らがどんな仕事をしているのか関知していない。近所の人や友人の仕事も、まったく意識に上らない。

61 「割引」というものにまったく興味がない人間になったのは何故だろうか？

ものを購入するときに、「少し高いな」と思ったり、「けっこう安いな」と感じたりするが、どんなときでも、欲しいものの価値と交換する金額が、僕としては許容範囲である、と認めている。その金額分の価値があるから買う、のである。非常に明確だ。

したがって、買う段階になって割引があるとわかっても、「へえ、ちょっとお釣りが多い」と思う程度であり、もともと交換すると決めたときの価格のものを手に入れた、と認識している。割引があるから、買う気になったということはまずない。もちろん、こちらが想定した価値の範囲内に、割引のために入って候補になった、という場合はあるだろう。でも、「今なら得だ」とは思わない。こんな人間だから、クーポンとかポイントとかにはまったく興味がなく、クレジットカード以外にカードを作ったことがない。

世の中の人を見ていると、そういった「割引」に引き寄せられているみたいだ。商売する方は、とても便利だろう。割引さえすれば客が集まるのだから、こんな簡単な方法はない。僕にしてみれば、「割引するくらいなら、最初からその値段にしておいたら」と思うだけだ。つまり、そもそも値段設定が高すぎただけの話で、売り手のミスの結果である。したがって、割引で得をしている人はいない、と考えてしまう。割引のまえに買った客は、商品を早く手に入れることができた、という得をしている。けっして損ではない。

　買いたいものを自分で決めたい。その判断に、割引やポイントが入り込んでくるのは、実に不愉快な状況だ。ポイントやクーポンにするなら、値段を下げたら良いではないか。代わりに客の情報を買っていたり、客の自由を拘束している、というだけである。

　僕の場合、人気のある商品にも興味はない。みんなと同じものが欲しいとも思わない(むしろ逆だ)。今これが売れています、という商品もどうでも良い。機械類は、新しいものが出たら、カタログでスペックを調べれば良いだけだ。評判というものは、僕には影響しない。それで、これまで失敗したり、後悔したことは一度もない。自分が選んで買ったものは、すべて満足していて、買い直したり売ったりしたこともない。なにしろ、自分が稼いだ金を手放して、その価値を認めたものなのだ。とことん使うし、いつまでも持っている。買って良かったなあ、とつくづく思うことばかりで、もっと高くても買ったな、と振り返ることの方がずっと多い。はっきりいうと、どれも、安すぎるのである。

　一方、あまりにも安すぎるな、と心配になることが最近多い。大丈夫だろうか、と恐る恐る買うが、まあまあ使える。でも、やっぱり安いものは安いなりかな、とも思う。

62

「印象操作」というものを知りたかったら、ニュースのタイトルを見れば良い。

言葉というのは、ちょっとした表現の違いで、印象が著《いちじる》しく変化する。単に事実を述べているだけのように見えても、発信者の意思や意見が潜む。たとえば、「寒いけれど、空気が澄んでいる」と「空気は澄んでいるが、寒い」では、好意的か否定的かというくらい違う。「委員長は女性だ」というところを、「女性だが委員長だ」といえば、差別発言と捉えられかねない。述べている事実に変わりはないのに、そういう他意が潜んでいる。ときには、語る本人にその意思がなくても、失言になってしまう。

政治家の揚げ足取りをしているマスコミは、政府の決定などをニュースにするとき、「焦って決定した」とか「急遽《きゅうきょ》前言を翻《ひるがえ》した」とか「反対の声を押し切った」などと書く。単に「決定した」「変更した」「実行した」と書けば事実であるが、余計な形容をつけて、なんとか自分たちの意見を訴えようとする。その姿勢が、非常に鬱陶《うっとう》しく感じるのだが、おそらくそれくらいしないと主張を聞いてもらえないこと、また、市民の一部の賛同者から期待されていること、などに起因した伝統芸であって、既に自覚もないのかもしれないが、ニュートラルな立場の人間には、鼻につくことは確かであり、損をしていると思う。

　小学校の授業で感想文を書かされたときに、「あらすじだけじゃなくて、自分が感じたことを書きなさい」と教えられた人が、記者になっているのかもしれない。だとしたら、「気持ちを素直に表現しなくては」症候群というか、トラウマになっているのかも。

　文法的にも、「Aであり、Bである」というところを、「Aだが、Bである」と書くことは多い。無意識に書く人もいるはずだ。しかし、「だが」の部分で、否定的な印象を持たれる結果になる。事象を並列に列挙するときも、それらの順番によって印象が変わる。多くの場合、最後の形容が印象に残る。「格好良くて、勉強ができる」と「勉強ができて、格好が良い」は意味も違ってくる。後者は、勉強ができることが格好良い、と受け止められる可能性が高いだろう。見たもの、知ったものを認識した順に書いても、違ってくる。

　話したり書いたりしたことの一部を引用される場合は、ときに問題が生じる。ニュースではこれが多い。全体の一部なのに、そこだけが強調され、単独の意味で解釈される。

　もちろん、記事を書く人はプロであって、すべて意図的にやっていることだ。誤解を招くような表現は、誤解されるように書かれたものだ。タイトルになると、さらに過激で、「おかしなことだな」「そんなことがあったの？」と思わせて、クリックさせることが目的で、ほとんど嘘ぎりぎりの表現が選択されるのが実情だ。物騒《ぶっそう》なことである。

63 ほんの僅かな温度の範囲でしか、人間は生きられないという不思議さ。

温度というのは、物体が持っているエネルギィのことで、原子の運動の激しさを示している。摂氏でいうと、下はマイナス二七三度、通称「絶対零度」で、これよりも低温というのはない（これは、大まかな言い方であって、厳密には量子力学的に、原子の運動は止まらないので、絶対と表現するのは議論があるはず）。

これに対して、高温はどこまでもあるのか、というと、そうでもなさそうだが、まあ、ほとんど無限に高温が存在すると認識していてもよろしい。ちなみに、地球の地表上の気温では、観測史上の最高は五十四度（諸説あり）。でも、地面の中ではもっと高温で、噴出してくる溶岩が一〇〇〇度もある。太陽は、表面でも五〇〇〇度以上あって、その中心はさらに、三〇〇〇倍も熱いらしい。想像を絶するが、普通想像しないだろう。

ところが、人間が生きていられる、というか生活ができる環境となると、氷点下ではもう寒すぎるし、三〇度を超えただけで熱中症で死人が出る。実に、範囲が狭い。人間に限らず、地球の表面で生息している動植物は、非常に限られた温度範囲でしか生きていられない。バクテリアになると、多少はこの範囲が広がるらしいけれど、でも知れている。

ほんの五度も違うだけで、暑くなったり、涼しくなったりして、気分も変わるし、体調にも影響があるのだから、温度に対して敏感すぎるといえる。この範囲を超えると、低温も高温も死につながる危険な条件になってしまう。

もちろん、衣類で調整したり、住宅を断熱したり、ストーブやエアコンで温度をコントロールして生活しているわけだが、それが可能な範囲も限られている。人類は宇宙に飛び出し、月面を歩いたし、また探査機だったら、他の惑星にも到達した。でも、地球の内部には潜《もぐ》っていけない。熱すぎるからだ。金属が溶けてしまうほど熱い。

ほんのちょっとのことで、環境は変わってしまう。このところ、温暖化で世界中が平均的に暖かくなっているわけだが、僅か数度のことで、これまで生きられたものが生きられなくなる。海の水温が少し上がれば、魚は入れ代わるし、気温が少し変われば、天候が大きく変化し、植物が入れ代わる。同じ場所では、同じものが収穫できなくなる。

「異常気象」と呼ぶ人が多いが、正常気象というものがあると勝手に信じているのだろう。最近の気象がこれからの普通であり、さらに異常になる方向へ変化するだろう。僅か数度のことだ、いずれ元に戻る、と思うのは間違い。簡単な対処の一つは、少しずつ北へ生活圏を移すことだろう。未来のことを考えて、自分の人生をデザインしてほしい。

64
ほんの僅かな時間の範囲でしか、人間は生きられないという不思議さ。

宇宙の話はもちろんだが、地球の生い立ちについての文章にも、また生物や地層の話題でも、何億年、何百万年といった時間がたびたび登場する。人類となると、比較的手が届く(?)数字になり、さらに文明の話になると、もう「ついこのまえ」みたいな身近な数字になるのである。もの凄く昔の話だ、と認識しているものが、「なんだ、たったの二百年まえのことか」と思えてくる。そういうのは、若者には理解できないだろう。自分が五十年以上生きると、百年なんて「このまえ」だという感覚になるのである。

ほかの動物に比べると、人間は長く生きる方だ。象や亀が長寿だけれど、人間と同じくらいである。たぶん、象や亀も、きちんと定期健診を受けて、病院通いをしていれば、もう少し長く生きられるだろう。猿も長生きだが、人間ほどではない。あと、珍しいところではアザラシが思いのほか長生きだ。

半世紀以上生きていると、人間の社会の移り変わりが、思っていた以上に早いことがわかる。たとえば、大きな会社とか施設とかが、いつまでも存続できない。グループなども、わりところころと解散したり、合併したり、自然消滅したりする。

科学の発達が目立っていて、つぎつぎと新技術が登場するように感じるけれど、よくよく見直してみれば、人がやっていることはほぼ同じで、単に道具が変わったとか、やり方が変更された、というだけのことが多い。五十年まえには、人は街を歩いていた。自分の足で歩いていた。未来都市（つまり現在）では、歩道がベルトコンベアのようになるはずだったのに、全然そんなことにはなっていない。車も空中に浮かばず、相変わらずタイヤを回して走っている。火薬で弾を撃って殺し合いをする方法も同じだ。

ペットを飼っている人は、彼らの一生が短いことを知っている。しかし、それも同じ一生であり、不公平だとは感じないだろう。楽しく生きられたら幸せだ、と思える。次の世代に受け継いで、人生の時間以上のプロジェクトを実行できるのは人間だけだが、しかし、それでもせいぜい二世代か三世代のことのように観察できる。人間が、もっと寿命の長い生物のペットだったら、と想像しても、それほど世界は変わらないのではないか。

一生という時間を意識して、毎日の生活を送っている人はほとんどいない。ときどき、ふと人生を考えることはあっても、普段は間近な未来しか想定しない。十年さきのことだって、なかなか予定を立てることができない。基本的に、どうなるか知らないよ、というポリシィで、みんな生きているようだ。そして、まさにそのまま死んでいく。

65

但《ただ》し書きはもの凄く小さい文字で書かれているのと同じで、普段は話さない。

機械や薬品などに、但し書きがあって、こんな小さな文字が読めるのか、というサイズで記されている。TVの宣伝では、サブリミナル効果を期待するがごとく、一瞬だけ大量の文章が現れる。あれが読める人は天才である。

「これを飲めば痛みがすっと消えます（もちろん、消えないときもありますが）」「置くだけで除菌ができ、掃除も手間いらず（になる場合もときにありますが、多少の改善が認められる程度です）」「どんな汚れも落とす（ただし、汚れが落ちた状態の評価には個人差がありますす）」「皆さんの安心と安全をお約束します（実現するという意味ではありませんが）」「真摯《しんし》に受け止め、できるかぎりの改善をしていきたい（と思っている人もいることでしょう）」「早くお客様の笑顔が見られるように（なれば私どもも儲かるはずです）」「いいか、相手には技術も経験もあるが、俺たちには根性がある（根性があっても勝てるわけではないがな）」といった具合だが、但し書きは、心の中に仕舞ったままにして表に出さない。出さない方が、話し手も聞き手も、お互いに都合が良いからだ。

しかし、言ったことが実現しない場合には、「まあ、言葉では簡単に言ってしまったけれど、実際のところはこうなんだ」とあとから説明をするしかない。それが争いの元になるから、あらかじめきちんと条件なり適用範囲なりを書いておく、というのが但し書きである。書くスペースが限られているから、文字が小さくなるのではない。読んでもらっては困る。どうしてもマイナスに受け止められるからだ。

現代に生きる大人であれば、常識としてこれを知っている。学校で習っていないのに、理解しているのは何故か、つまり宣伝も公約も、とにかく言ったとおりではないことの方が多すぎるからだ。まさか、どんな汚れでも落ちる洗剤があるとか、臭いが元から消えてしまうとか、飲むだけで疲れが取れて、仕事もやる気満々になるとか、そんなことがあるとは全然考えていない、信じていない。なのに、それでもそういった商品に手を出してしまうのは、「あれだけ豪語するのだから、僅かばかりであっても効果が期待できないわけではないだろう」と期待するからだ。しかし、その控えめな予測でさえ裏切られることが多く、そのうちに「どれでも同じだが、今さらやめると縁起が悪い」と消極的になって、買い続ける。そして、さらに年齢を重ねると「まあ、結局は金を使わせる口車に乗った人生だったな」と感慨無量となる。でも、人には話さない。自分が恥ずかしいからではない。それは心の中に仕舞っておく人生の但し書きのほんの一部にすぎないからだ。

66

材料を揃えるために調べているときが一番楽しい。未来の可能性が見える。

なにか新しいものを作りたい、という欲求があるので、常に自分としては初めてのことに挑戦したい、と考える。同じものを作りたくない。これまでになかった要素がなければ、作る意味がない、とさえ感じている。ただ、仕事でなにかを作るときは、そうではない。同じもの、要求されるものを作るのが職人だ。品質を維持しつつ、少しでも労力や時間を少なくすることに知恵を絞る。そうすることが仕事のスキルである。だが、趣味で作るものはそうではない。労力や時間は無関係であり、品質さえどうだって良い。とにかく、自分にとって新しいものに出会いたい。楽しめるものを作りたい。

ぼんやりと、こんなものを作りたいな、という抽象的な目標がまずあって、それに関連するものを調べ始める。どんな材料があるのか、どんな部品が手に入るのか、いくらくらいかかるのか。今はネットがあるから、そういった情報がすぐに集まる。調べていくうちに、だんだん目標が具体的になってくる。サイズや強度、あるいは性能、そして価格などが絞られてきて、頭のなかで設計図が少しずつ描かれるようになる。

ときには、部品をさきに入手して、それを使って実験をしてみる。思ったとおりに機能するかどうか、使えそうかどうか、と試す。この時間も非常に楽しい。

このようにして、材料や部品を集めて、いよいよ作り始めることになる。製品や部品ですべてが揃うなんてことはないから、自分で加工して作らなければならない部品が多い。作るときには、寸法などが具体的になっていなければならない。僕は、この段階でもまだ設計図を描かないが、ときどきメモのように寸法などを記録することはある。そうしておかないと、あとから作る部品と合わなくなったりするからだ。

いろいろ作ったり、組み上げたりするうちに、必ずなんらかの問題が発生する。ちゃんと設計図を描かなかったのがいけなかった、というミスもあるし、そもそも勘違いをしていた場合もある。そのつど、なんとか問題を解決する方法を考え、ときには少し後退して、やり直しになることもある。でも、これが「苦労」とか「工夫」というもの。

いよいよ出来上がりが近づいてくる。もう少しで完成だ、というときには、ほとんどの問題は解決されているので、既に障害はない。こうなると考えるようなこともなく、ただ時間をかけて進むだけ。これは労働者になった気分で、もうあまり面白くない。結局、初めの段階や、それに近い段階で、あれこれ思い悩むから面白いのであって、完成させることの意味はあまりないのだ。完成したときには、まあこんなものかな、と思うだけ。

67 三頭の怪人が現れたら、真剣に話をしていろいろなことを質問してみたい。

キングギドラという怪獣がそうだ。三つ頭がある。八岐大蛇《やまたのおろち》は頭も尻尾も八つあったそうだ（胴体も八つあったら普通の八匹の蛇になるが）。海外では、双頭の鷲など、この種のものは数知れずあるようだ。普通の動物は頭は一つで、滅多に例外がない。植物はときどき二股になるものが見られるが、動物はやはり成長するほど生きられないのだろう。僕は、双頭の蛇の写真ならば見たことがある。生きていて、成長もしていたそうだ。

実際に、犬の頭部を別の犬に移植する外科手術が試みられたことがあって、しばらくは生きていたらしい。このときは、ただ血液などを循環させただけのようで、食道はつながっていなかったそうだ。頭部だけで生きられるのか、という実験だったのだろう。

手足や指など、数が決まっていて、多くても少なくても異常と見られるが、逆にいえば、そういった例外が少ないことの方が不思議ではある。設計図どおりに動物が生まれ、そのまま成長することが驚異だ。

頭が二つあると、どうなるのだろう？　片方が休むのか。それとも二つの脳で共同で考えるのか。躰の部位を分担して動かすのか。それとも、どちらでも動かせるのか。

　特異な状況ではあるけれど、そういった条件では、それなりに順応して成長するのだと思う。人間だったら、二人の人格があるというふうにはならず、おそらくは片方が休んでいれば、片方が起きているのではないか、と想像する。もっとも、二つの脳のエネルギィを賄《まかな》うのは大変だから、良い状況とはいえない。だから、頭の大きさが小さくなるか、片方が成長しないかもしれない。

　そう考えて、キングギドラの戦い方を観察したが、たしかに三つの頭の連携プレィというかチームワークのようなものはないようだった。三つもあって、口が武器なのに活かされていない。人間の二丁拳銃のガンマンの方が、その点では優れている。キングギドラは、敵が複数のときに長所を活かすのかもしれないが、これは二丁拳銃でも同様である。動物に二頭が存在しないのは、さほど利点が活かされる機会がないからだろう。

　この方針は、人間が考え出した組織においても顕著であり、合議を重んじていても、最後はリーダ一人の決断と決まっている。二つの政府がある国は内乱になる。運転手は二人いても、主と副があらかじめ決められている。主が眠ってしまったときには、副が働くシステムだ。コンピュータやＡＩには、この考え方が盛り込まれるはずである。ただ、平常時に二つを維持するエネルギィがもったいない、との問題を抱えつつ。

68 大きいけれど赤ちゃんは、もう赤ちゃんではなくなったが大きい。

　僕が担当している犬のことである。今、三歳で体重は二十二キロ。幸いにも、体重は増えていないし、大きくなり続けてもいない。とても大人しく、オタクっぽい性格で、興味のあることには集中する。二十四時間、僕と一緒にいる。寝るときは、ベッドのすぐ横か、ベッドの上にいる。風呂にも勝手に入ってくる。散歩も僕が一人で連れていくし、ご飯をあげて、食器を洗うのも僕である。足を拭いたり、シャンプーも僕がする。ドライブが大好きだし、庭園鉄道にも乗りたがる。

　朝早くに起きると、まず外に出してやる。一分ほどで戻ってきて、室内に入れてやる。それから、朝ご飯まで一時間くらいあるので、僕はネットでメールを読んだり、返事を書いたりしているのだが、先日、ふと窓の外を見ると、大きな獣《けもの》が庭を歩いている。狐にしては大きい。どきっとしたが、僕の犬だった。奥様が外に出したのだろうか、と思ったが、彼女はまだ起きていないはず。変だな、と思って見にいった。

　何が起こったかというと、朝一番で外に出したとき、玄関のドアから彼は入らなかったのだ。いつも僕の後ろを通るから、入ったものと僕が勘違いしていたらしい。つまり、彼は閉め出されたわけだ。

　時間は三十分くらい経過していた。そのときの気温は氷点下八度くらいである。まあ、毛の長い犬で寒いところは好きだから、庭をあちらこちら歩き、家の周囲をぐるぐると回り、ガラス戸のあるデッキから、中を覗いていたのだろう。たまたま書斎の前を通ったときに、僕が目撃したのだった。

　この話を奥様や長女にしたところ、「まあ、そんな可哀想な目に遭ったの」と犬をよしよししていた。特に虐待したつもりはないが、早く気づいて良かったとは思う。だが、ご飯の時間になっても現れなかったら気づくはずなので、どちらにしても大事にはならなかっただろう。庭園内では、いつも放し飼いである。どこかへ出ていったことは一度もない。

　食が細いので、ドッグフードをいろいろ試し、ときどき変更したり、量を加減したりと気を遣った。最近は調子良く完食してくれる。おやつも少しだけ食べる。でも、外では食べない。人からもらわないし、落ちたものを拾わない。教えたわけではないのに、がつがつしていないので、上品に見える。犬らしくない、といえるかもしれない。

　動画を撮って、沢山アップしているので、見たい人はどうぞ。シェルティなのだが、ボーダコリィよりは大きい。でも、コリィの顔ではない。シェパードに近いかも。

69 不要不急の髭剃り、不要不急の自慢、不要不急の見栄、不要不急の着替えなど。

毎日忙しくて時間に追われている。といっても、人と会うわけではない。早く庭に出て水やりがしたい、燃やしものがしたい、草刈りがしたい、犬と遊びたい、線路の点検をしたい、機関車を走らせたい、工作の続きをしたい、とやりたいことがいっぱいなのだが、そのまえに、着替えをして、トイレにいかないといけないし、ついでに髭も剃りたいし、そのあと血圧を測りたい、コーヒーを淹《い》れて一息つきたい、などの習慣もある。何が大事で、何がどうでも良いのか、自分ではよくわからない。たとえば、トイレはどうでも良い用事だが、我慢するわけにはいかないだろう。人に会わないなら、髭は剃らなくても良いかもしれないが、伸びてくると鬱陶しい。血圧測定もどうでも良いが、毎日続けているし、グラフを描くのが楽しい。そうそう、歯磨きも毎日しなくてはいけないのだ。

寝ているときと起きているときは服が違うから、着替えなくてはいけない。これは不要不急だろうか。別に着替えなくても問題はない。細かいことだが、こういったちょっとした用事が馬鹿にならないほどあって、面倒臭いことだな、と感じている。だが、僕の親父は、死ぬまえの数年間、着替えをしなかったし髭も剃らなかった。そのうち、寝床へ移動するのも面倒になって、椅子に座ったまま寝ていた。そういうのを見ているので、自分も老人になった今、面倒臭いことをできるだけ端折《はしょ》らないのが、もしかして大事なことなのかな、とも考えるのである。

若いときは、やりたいことがもっと膨大《ぼうだい》にあって、しかも機会を逃したくないとか、時間が惜しいという感覚が強く、いつも苛立っていた。余計なことが紛れ込むと腹が立ったし、寝るのも惜しんでいろいろやっていた。やりたいことが多すぎるストレスを抱えていたと思う。それで頭痛になったり肩凝りになったりした。腹具合も常に悪かった。

今は、だいぶましになった。基本的な方針が変わった。今日できないことは明日やれば良い、という方針だ。勤めていないし、仕事もないから、いつでもできる。毎日きっちり睡眠時間を取って、ぐっすり寝ている。疲れやすくなったから、長時間没頭できないけれど、いつでもこそこそと少しずつならできる。常に二十以上のプロジェクトを抱えていて、それらを毎日少しずつこなしている。二十分間あれば、あれができるな、というように考える。十分間あったら、このエッセイが一つ書ける、という具合である。

不要不急の髭剃りと着替えは、たぶん異議が出るだろう。だが、不要不急の自慢と見栄に追われている人たちが沢山いらっしゃる。それをやめたら、ストレスが消えますよ。

70 ものを買うために出かけていく時間がなくなった、という合理化の大きさ。

電車が便利な場所に住んでいる人は、出かけることが苦にならないのだろう。でも、出かけることで消費される時間はけっして少なくない。僕は、自分の趣味のためにしか買いものをしない人間だが、ホームセンタへ行ったり、各地の模型店を訪ね歩いたりしていた。そうしないと買えなかったからだ。それが、十五年ほどまえから、じわじわと通販が普及し始め、最初のうちはメールで発注などしていたが、最近ではすべてアマゾンで買えてしまう、という状況になった。ついこのまえまで、工作関係の総合サイトで買っていたが、今はそれもアマゾンに取り込まれた。こんな便利なことはない。毎日五つ以上の品物は発注している。五月雨式《さみだれしき》に申し込んでいて、適当に届く。しかも送料はほぼ不要。よほど大きいもの、重いもののときに少し取られたり、あるいは別の業者が持ってきたりする程度。出かけなくなった時間と、ネットで品物を探す時間を比べれば、圧倒的に後者の方が少ない。店に行ったって、探さなければならないし、見つからない可能性が高かった。

これまでの人生のうち、今が一番便利である。しかも、大都会に住んでいなくても、この便利さが享受できる。素晴らしいではないか。人類の叡智《えいち》に感謝したい。

以前まで、宅配業者が来る時間を指定して、そのときに母屋《おもや》の近くにいる必要があった。庭園の端にいると、トラックが来てもわからないし、わかって走っていっても間に合わない。だが、ウィルス騒動になってから、サインをしなくても良くなり、荷物を玄関前に置いていってくれるようになった。だから、犬の散歩にだって出ていける。嬉しい！

以前は、奥様がスーパへ行くのにつき合っていたのだが、ここ数年、それもなくなった。奥様が車の運転に自信をつけ、どこでも行けるようになったからだ。食料品も、半分くらいは通販に移行しているらしい。近い将来、全部通販になるのではないか。そうしたら、もうどこへも出かけなくて良い。籠もりっきりの生活になる。素晴らしい！

出かけなくても、家の中、敷地内に無限の楽しみがあって、つぎつぎと新しいことを思いつく。やりたいことがいっぱいで、少しでもそれらに時間を使いたいのだ。そもそも、犬がいるから、出かけても宿泊はできないし、旅行には魅力を感じない。それこそ、ネットで充分だ。世界中どこの風景も情報も、瞬時に得られるようになったのだから。

移動しなくても良くなったのに、車や機関車の運転を楽しんでいる。目的地はない。ただ、自分が操作をして移動することが面白い。犬の散歩も同じで、目的地はない。決まったコースを歩くだけでも、風景が変わる。新しい場所へ行きたいなんて、全然思わない。

71 「芝生の哲学」について語ろう。

自分の庭を持ったのは二十数年まえのことで、自分の芝生を持ったのはその数年後のことである。芝生というのは庭園のベーシックな要素であり、基調となる存在といえる。綺麗な芝生があると、花壇も樹木も、また数々の庭園デザインが見事に映える。イギリス人は芝生が好きで、綺麗な芝生はステータスにもなっている。良いガーデナがいる証拠であり、良いガーデナを雇える資産を意味するためだろう。

さて、僕は自分で芝生の面倒を見ている。僕がガーデナだ。最初の芝生は、あっけなく枯らしてしまった。その次の芝生も上手くいかなかった。そこで奮起して、十冊ほど芝生に関するノウハウ本を読んだ。そうした知識を基に、十五年ほど経験を積み、今に至っている。もちろん、まだまったくの素人で、自慢できるようなレベルではない。

芝生の達人に相談すると、「水をやれ」と必ず答える、とにかく、水を毎日何度も撒《ま》くこと。これだけでだいぶ違う。芝はイネ科であり、水田だと思って水をやるのだ。その次に大事なのは、肥料である。非常に肥料を必要とする贅沢な植物なのである。そして、最後に大事なことは、芝刈りをすること。できることなら毎日芝刈りをする。頻繁に刈るほど、芝が密になって綺麗になるからだ。ベストファイブでいうと、1、2、3が水、4が肥料、5が芝刈りである。

日本の芝は、高麗芝《こうらいしば》という種類で、ホームセンタでシート状の苗が売られているが、僕は寒い国に住んでいるので、西洋芝の種を蒔く。種を直に蒔いて、上に土を被せるだけ。非常に簡単である。ただ、その後の世話がいろいろある。十日くらいで芽が出て、伸びてくるが、三センチも伸びたら、少しカットする。先を切るのだ。髪の毛くらい細いうちから、「芝刈り」をしないといけない。先を切ると、もう伸びられないから、別の葉を出す。こうして本数が増えて、密になるという寸法である。この性質は、だいたいの植物に当てはまるようで、雑草も草刈りをするほど密になる。樹の枝も先をカットするほど枝振りが良くなる。おそらく人間の場合も、ちょっとやりかけたときに、誰かに文句を言われ、頭を叩かれるほど、次なる手を考え、いろいろな方法で伸びてくるから、強い人間になるだろう。優しく見守っていると、モヤシのように一本だけでひょろっと伸びてしまう。

芝生には、雑草除去、蛾《が》の幼虫駆除なども必要だ。ゴルフ場などは除草剤を大量に使っているらしいが、僕の芝生は除草剤は使わず、雑草は毎日手で抜いている。芝生は、冬も枯れない。雪の下で生きている。密になるほど雑草も生えない強い芝になる。

72

「調子が出ない」と口にする人が多いけれど、その多くは「調子がない」である。

「なんか調子が悪い」と呟く人が非常に多い。「なかなか調子が出ない」とも言う。つまり、調子というものは、出たり出なかったりするらしい。ずっと調子が悪いままの人も多く、その人には調子が本当にあるのだろうか、と疑いたくなる。そもそも、そんな良い調子をお持ちではないのではないか。「出ない」というより、「ない」のでは?

機械類には、調子というものがある。なんか異音がするとか、出力が充分でないとかで、調べると原因がある。原因もないのに調子が出ないなんてことはない。使っているうちに調子が出たりするのは、温度が原因だったり、潤滑が問題だったりするだけで、これは理由がある。原因が把握できない素人が見たとき、なんとなく生きもののように好不調があると錯覚するだけで、好不調が基本的にないのが機械である。コンピュータだって、好不調なんてものはない。あると思っている人は、原因を知らないだけだ。

人間の調子も、機械と大差はない。僕は、調子が出ないような状況になった経験がない。自分の調子は、いつも出せる。出せるから、それが自分の調子なのだ。出せないときがあったら、それは調子ではない。体調によって左右されるのは、むしろ持続性であって、調子は出るけれど、時間的に維持できない。すぐ疲れてしまう、という状況が、不調のときだ。好調のときは、長時間調子が維持できる。その差でしかない。

もちろん、運動系では、常に最大能力が出せない場合があるだろう。これも、その最大能力が出せない状況が、その人の調子である。たまたま好条件が重なって、最大の結果が記録されることもあるけれど、いつも出せる調子でなければ、さして意味はない。

仕事は、記録を競い合っているわけではないので、ピークの結果がどうであれ、いつも出せる調子が、その人の能力と見なされる。自分でも、その調子で仕事量を計算しなければならない。「調子が出ないな」とぼやいているとき、そのときの調子が本物だ。

作業を始めなければならないのに気が乗らず、ちっとも手をつけられない、というときにも「調子が出ない」と言う人がいる。止まっている状態なのに、調子がどうこう言うのが少しおかしい。やり始めないと調子はわからないのではないか、と思うのだ。

エンジンやモータの場合、新しいうちよりも、ある程度使った頃の方が性能がアップしている。これは、「当たりがつく」といわれるように、金属が擦れて、動きが滑らかになるためだ。人間の場合も、作業を続けるうちに、頭や躰の使い方に慣れてくる、という効果はあるだろう。だが、これは実に少々のことで、ほとんど無視できる範囲である。

73 「論理が破綻している」という場合、多くは基本データに間違いがある。

論理というのは、理屈の処理をすることだ。それは、三段論法だとか背理法だとか、ようするに数学の集合論か、あるいは確率論である。しかし、理屈だけでは、現実的な問題に対処できない。なんらかの観察があり、入力されるデータなど、その論理の前提となるものが存在する。その前提に従い、論理を展開し、結論を導く。こうして出てきた結論が間違っているときに、「その論理は破綻している」といったり、ときには「虚偽だ」と非難を受けるわけだが、論理が破綻していなくても、また虚偽でなくても、結論が間違っている場合が多く、その原因は前提となっている観察、つまり入力データにミスがある。

たとえば、犯人は左利きである。容疑者の中で左利きなのは彼だけだ。したがって、彼が犯人である。という論理を展開したとしよう。このときの前提は「犯人は左利きだ」という観察である。何故左利きだと断定されたのか。右利きでは不可能なのだろうか、という吟味《ぎんみ》がまず行われるべきである。「おそらく左利きだ」くらいでは不足だ。

それ以外にも、人間には右利きと左利きしかいない、両者はどんな場合でも利き手を使う、容疑者の中に必ず犯人がいる、などが、この論理の前提となっている。これらにミスがないのかを、まず調べる必要があるだろう。

　ある物質が、病気や怪我の症状を改善する効果がある、と実験によって確かめられたとしよう。そしてその物質が、治療薬として販売される。この薬を飲んだとき効果があるかどうか、が問題となるが、まず、実験によって確かめられたのは、あくまでも、見かけの数、つまり統計だ。物質がどんな反応をしたのか、といった科学的な根拠は、実証された結果から推定された仮説でしかない。化学反応なら百パーセント同じ現象が見られるが、そうではない。八十パーセントでも高い数字と判断される。薬を飲む人によって、効果があるかどうかさまざまだし、そもそも、なにを「効果」と呼ぶのかもさまざまだ。試験体は生きているのだから、それぞれ条件が違う。何が効いたのかもわからないし、効いたことをどうやって測るのかにもよる。科学的に証明されている、といわれるものでも、確率的な問題であり、絶対に結果が出るわけではないのだ。実験によって証明されるものは、実は理屈がない場合がほとんどだと考えて良い。理屈がないけれど、統計的にそうだ、というのも「科学的」に含まれている。

　そういう不確かな前提の中で、「科学的な根拠を示してくれ」と議論するわけだから、どうも変な気がしてならない。「統計的」といった方がよろしいのではないか。

74

無関係なものを「理由」として持ち出すことがとても多いので困る話。

なにかの主張や意見を受けたとき、当然ながら、「どうして？」と理由を尋ねることになるのだが、そこで持ち出されるものが、まるで無関係である場合が非常に多い。世の中の会話は、ほとんど「無関係な理由」の応酬だ、といっても良いだろう。

たとえば、「俺の勘だけれど」とか、「僕の経験では」とか、「過去の例からいっても」などがそうである。いったい現在の問題にこれらがどう関係するのだろう。関係すると考えている根拠を示してもらいたい。今までそうだったから、という理屈が通るなら、世の中ずっと同じような事象の繰り返しだろう。変化というものを知らない人たちか。

「絶対にそうだって」と繰り返す人もいる。自分を信じろ、というのだ。だが、信じるか信じないかは、現在の問題とは無関係なのだ。どうだって良い。発言者を信じるかどうかは、問題となっている意見の真偽に影響しない。

さらによくある理屈に、「あいつだってやっている」「みんなそうだ」「君も知っているだろう？」と、別の誰かと比較する理由がある。「総理だって会食したじゃないか」というのは、言い訳としては甘い。「ほかにも犯罪者がいるだろう？」と同じである。それで悪行が許されるわけではない。理屈にならないのは、無関係だからである。

たとえば、「ここは禁煙だよ」と指摘されたとき、指摘した人も煙草《たばこ》を吸っていたとしよう。「お前だって吸っているじゃないか」と抗議するのは当然だが、「いや、禁煙であることを教えただけだよ」と言われれば、相手は正しい。禁煙でも吸うかどうかは、個人の判断である。相手が吸っていても、自分がルールを犯していることに変わりはない。

次に多いのは、「誰某《だれそれ》が言っていた」や「本に書いてあった」というものだ。これは厄介かもしれない。かつては、そういうものが立派なエビデンスになった。しかし、今は駄目だ。TVも新聞も、平気で間違った情報を発信するし、書籍なんて、ほとんど無法地帯である。「著名人が言っていた」や「好きな人がやっている」なども、「うちの息子がそう言った」のレベルだと思った方が良い。信じる者は救われるというが、信じる者が詐欺に掬《すく》われるのが最近の傾向である。「消防署の方から来ました」と同じ手口である。

「という噂だよ」というのもある。「ちょっと小耳に挟んだんだけど」と同じだ。「内緒の話だけれど」なども昔からある。「もう知っている？」で始まる情報も、怪しい。知っていないと損をする、と思わせたいわけである。だが、これらも、話の内容にはまったく無関係なのだ。もっと関係のある理由を堂々と出してほしい。そう思います、ホント。

75 オリンピックをやるかやらないかの議論は、十年遅い。

これを書いている今、日本ではいろいろな人がこの話題に触れている。やめろという人は、「感染が怖い」「無駄なことに労力を使うな」と言い、やりたい側は、「感染は防げる」「やらないと莫大《ばくだい》な浪費になる」と主張する。どちらも、大きく間違ってはいないように思える。前述のように、僕は興味がないから、この議論に参加するつもりはないけれど、それでも一言いわせてもらえば、こんな間際になって議論しなくても、とは思う。

オリンピックを誘致するというときに議論すべきだった。しかし、そのときには、ウィルスでこんな事態になるなんて想像もしなかった、とおっしゃるだろう。その想像力不足がまず問題である。地震だって起こるし、ウィルス感染は初めての事態ではない。開催が危ぶまれるような状況になったとき、どうするのかくらい考えなかったのか？

少なくとも、一年半くらいまえなら、想像できたはずだ。そのときに、どうして議論をしなかったのだろう？　だって、そのときにはウィルス騒動は収束すると思っていた、とおっしゃるのだろうけれど、根拠もなくそう思い込んでいただけだし、これも想像力不足。一年延期すれば大丈夫と考えたことが、そもそも間違っていたのではないのか？

　これは、国も大衆も考えが足りなかったのだから、ほとんど引き分けだと感じる。また、緊急事態で商売が再開できなくて困っている人たちも、一年半も時間があったのに、まだなにも考えていない、では済まされないだろう。商売というのは、つぎつぎとさきを読んで手を打つものである。環境が変われば、形態を変え、店を変え、商売を変えるべきだったし、その時間はあった。数カ月で収束すると想像していたのだろうか？

　多くのミスは、希望的観測に起因する。こうなってほしい、という想像しかしない。悲観的にものごとを考えないから、危機に弱い。攻めることしか考えない、かつての日本軍みたいな過《あやま》ちではないか、と連想してしまう。最悪の事態にならない手を打つ。いくつも代替案を持って、予防線を張り、退路を考えておくのが、安心安全というものだ。

　しかも、そういった悲観というのは、調子が良いときにしておくべきである。絶好調でいけいけのムードのときに、万が一に備える方法を築いておく。そして、それを実行するのがリーダであり、チームの長であり、家族の主である。犬が大喜びで走り回っているときには、どこかにぶつかって怪我をしないか、と心配するのが飼い主の役目だ。

　一年さきを読めなくてどうするのか？　数年後また次のウィルスが現れて、同じように大騒ぎするのだろうか？　台風だって地震だって、もう来ないと思っているのかな？

76

「情熱」が自分にあると感じたことは一度もない。情熱って、欲望とどう違う？

自分がやりたいことを続けている状況を外部から観察したときに、情熱というものを読み取るのだろう。そういう言葉である。だから、自分で「情熱を傾けよう」なんて考えるような代物《しろもの》ではない。本人は単に好きなことをしていると楽しいだけで、「欲望」に換言できる。それなのに、「欲望」というと自分勝手な印象を与え、「情熱」というと、あたかも社会貢献しているとか、人助けをしているとかの「慈善」に近い雰囲気を醸《かも》し出す場合が多い。僕自身、情熱を持ったような経験がないし、他者がどう感じるかには興味がないので、「え、情熱？　それがどうかしたの？」という程度の話題ではある。

たとえば、黙々と竹細工をし続ける老年の職人は、情熱を持っているのだろうか。虫の幼虫をじっと観察している幼い子供は、情熱を傾けているのだろうか。そのように見えるときがある、くらいの意味なのだ。勝手に解釈すれば、それでよろしい。

「情熱」が他者評価であることと対照的に、「欲望」はあくまでも自己評価だ。自分がやりたいと感じる。自分が考え、欲することだから、自分にはわかりやすい。しかし、他者にはそれが見えない。だから、行為が社会的でないとか、目的がはっきりとしていないとか、理解が難しいとか、そんな欲望は、「自分勝手なもの」と見なされる。一方で、たまたま社会的であったり、偶然にも目的がわかりやすく、理解できるものであったりすると、「情熱」として歓迎される。どちらも、同じ欲望なのだが、周囲との関係によって、呼び名が異なる結果となるだけの話。違うだろうか？

自分もなにか情熱を傾けられるようなものに出会いたい、と若者は憧れている。これは、TVや書物で、そういった情熱が美しく感動的に語られるから、そんな生き方が人間のあるべき姿だ、と思い込むのだろう。全然悪いことではない。そのとおり素直に、なにか見つけて情熱を傾けてもらいたい。しかし、探して出会えるようなものでは、そもそもない。自分がやりたいことを見極めることが先決だ。

もちろん、情熱とは「他者の役に立つ犠牲的行為だ」と狭義に解釈をする人もいるだろう。これも、そういう承認欲求であり、つまりは「欲望」であり、独り善《ひとよ》がりであるけれど、当然ながら害はない。それはそれで立派だ。排除するつもりはない。この場合もまた解釈の問題であって、解釈はそれぞれの自由である。どう考えてもけっこう。

結果的に、過去のあれが自分の情熱だったな、という現象が観察されることはあるだろう。当時は無意識だったはずだ。これも、つまりは外部からの評価にほかならない。

77

図書館という存在は、今はパソコンやスマホの中に存在している。

子供の頃には、図書館のお世話になった。大学生になっても、大学や学科の図書館から沢山の情報を得ることができた。地域社会にとっても、なくてはならない施設の一つだと考えている。しかし、現在では、ネットがそれに取って代わった。建物の中に本を収納する施設は、博物館的な価値しかない。すなわち、歴史的な保存が使命といえるだろう。ネットに図書館の機能が備わったのは二十五年くらいまえだ。僕はそのときからリアルの図書館を利用しなくなった。必要がなくなったためである。しかし、図書館の雰囲気は好きなので、建築物を見る目的で各国、各地へ出向けば、図書館に入ることにしている。

本というのは、昔は汚いものだった。黴《かび》が繁殖するし、埃《ほこり》も溜まる。だから、書庫や書斎というのは、いわば油だらけのガレージのような存在で、仕事をするためのスペースだったのだ。そんな場所がマニアックな雰囲気で好まれるのは、趣味的な感覚として理解できる。ガレージもキャンピングカーも山小屋も、今では人気の場所になった。

だが、各地に存在する図書館は、今では役目のほとんどを終えている。子供に絵本を見せるか、人口の一パーセント以下の小説趣味の市民に、無料で新刊を貸し出すだけの場所になった。老人が新聞や雑誌を読むかもしれない。そういうコミュニティとして機能している。なかには、喫茶店を併設して存続を試みるところもあるそうだ。

昔の本はデジタルになっていない。貴重な資料は足を運んで見せてもらう必要があるだろう。しかし、書物が担《にな》ってきた情報はほとんどデジタル化し、今後その比率は高まるばかりである。書物だけではない、映像も音楽も同じようにデジタル化し、ネットのライブラリィでアクセスが可能である。紙に印刷していた時代は、石に文字を刻んだ時代のように古代となり、図書館も歴史遺産となる。これからの世代は、「本」というものが、物体として存在することを知らずに暮らすだろう。写真や音楽が、そうなったように。

図書館が、各地域に分散して存在している理由は消散した。建物を建設し、維持し、職員が常駐する意味も既にない。組織は統合され、結局は県に一つか、国に一つになるだろう。地域に密着した文化がある、と主張するならば、そういった民俗・博物的な情報の保存に携わる人は必要かもしれないが、少なくとも建物としては、倉庫しかいらない。

本を書棚から引き出し、ページを捲りたい人向けには、バーチャル図書館をおすすめする。博物館も美術館もバーチャルで充分になり、芸術作品も最初からデジタルになるだろう。劇場も競技場も、建物はいらない。役所も郵便局も早めにシフトした方が良い。

78

小説とエッセィの執筆はどこが違うのか？　少し考えてみた。

エッセィの方が小説より、書くのに一割ほど時間が多くかかる。どうしてか、と自分なりに考えてみた。自分がどう考えているのか、頭の働きを観察することは、けっこう難しい作業だ。頭は、躰の動きのように観察できない。なにかを思いつくときは一瞬である。つまり、そもそも「早技《はやわざ》」なので、しっかりと見届けることが難しい。論理的な展開をする場合も、連想は速いし、どんどん先へ進むから、追いかけるのが大変だ。

小説というのはストーリィがあって、ほとんどを目で見ることができる。ちょうど映画のようなものだ。もちろん、立体的に見ているし、複数の場面が同時に動いたりする。頭の中では目で見ているほど単純ではない。一方、エッセイというのは、記憶を思い出し、新しい発想をし、考えをまとめるわけで、ストーリィのような映像的な時間の流れではなく、フローチャート、グラフ、数式、文字など、数々の様式が入り乱れる。小説なら、とんでもない展開はないが、論理はもっと自由だし、つぎつぎと新しいことを思いつき、使えるものはなんでもありなので、その選択に迷う。ここが一番違っている部分だ。

論文などは、小説のストーリィに近い。道筋が一本で目的地へ向かっている。分岐はあってもまた戻ってくる。僕は、エッセイも小説も、最後にどうなるのか、つまり目的地を決めずに書き始めるけれど、途中の分岐の多さは、エッセイの方が上である。おそらく、これが書くのに時間がかかる理由だと思う。あまり意識しないが、頭のどこかで迷っているのだろう。そのタイムラグがあるし、その影響で先の見通しも悪い。

小説は、最初に書き始めるときが一番難しい。どこからその世界に入るのか、とけっこう迷う。これは、自分の考えを探るのではなく、読者がどう読むのか、どう感じるのか、という気持ちで判断しようとするから難しいのだろう。自分のために書くなら、そこまで迷わないはずである。

また、小説は最後も少し難しい。ストーリィというのは、どんどん先へ進み、どこまでも止まらない。だから頭の中では、ずいぶん先まで進んでしまう。それを、そろそろ幕を引こうと故意的に終わりにする。この決断がある。このときも、読者が読んでいるシミュレーションをして、つまり何人かの読者になったつもりで判断をする。自分では終わっていないものを、ここで終わられたら読み手はこう感じるだろうな、と想像して決める。

いずれの場合も、文字数を常に気にしている。文字数とは、つまり読者の時間だからだ。どれだけの時間をかけて、そこまで至るのか、という点を意識して書いている。

79 もし挨拶というものがなかったら、何を話せば良いか考えるようになる？

挨拶というのは、話すことを考えなくても良い、という効果がある。人間は頭を使いたくないから、微笑んだり、挨拶をしたりするのだ。決まりがあった方が楽で、自分なりの方法を探る必要もない。こういうのを「一つ覚え」というが、良くいえば合理化である。挨拶にも、言葉を使わないものがある。ハグとか握手とかキスがそうだ。これは、言葉が通じなくても良い。日本はたいてい誰とも言葉が通じるが、そんな国ばかりではない。

動物というのは、挨拶をしない。しかし、親しい関係なら、近寄って匂いを嗅《か》ぎ合うし、そうでなければ、警戒して見つめ合うか、目を逸《そ》らせて立ち去る。敵意を示すか、敵意がないことを示す、という意味では、これも挨拶かもしれない。

日本人どうしの場合、決まり文句の挨拶の次には、天気の話をする。「暖かくなりましたね」という具合だ。こういう会話に何の意味があるのか、と子供は不思議に思うはずだが、子供には「話すことを考えなくても良い」という価値が理解できないから、不思議なのである。大人たちは、考えたくない、面倒は嫌だ、損はしたくない、目立ちたくない、といった基本方針で生きているロボットみたいなものだから、子供にしてみると、いちいち腹立たしい。だが、そういう子供も幼稚園児にもなれば、大人に対しては「楽しかったぁ」とお決まりの返事をするようになり、考えたくない大人の仲間入りをする。

ときどき、ちょっと人とは違う感覚の人がいて、意味のないことはしたくない、決まっていることに従いたくない、みんなと同じなんて嫌だ、との価値観を育むようになる。すると、挨拶をされても反応しない人間になりやすい。そうすることで損をしている、と普通の人は考えるだろうが、本人は、それで得をしていると自己評価している。無駄なことをしないのが自分の利益だからだ。有益な情報交換ができないなら、会話の必要もない。自分から襲いかかるわけでもないから、敵意は示していない。放っておいてほしい。これも一つの合理化であり、本人にとっては筋が通っている。

かつては、このような個人を社会が許さなかった。周囲から虐《いじ》められた。でも、今はそうでもない。少し生きやすくなっただろうし、未来は、こういう人ばかりになるかもしれない。個人主義というのは、そういうものだからである。僕は、悪くないと思う。

人懐《ひとなつ》っこくて、誰にも尻尾を振って甘える犬もいるし、人見知りして、飼い主以外には懐かない犬もいる。人間も、個人によってそれぞれだ。挨拶くらいしたら良いではないか、という常識は、さて、いつまで存続するだろうか。では、さようなら。

80

森博嗣に関する間違った呟きに抗議はしませんが、少しだけ修正しましょうか。

べつに間違っていても良い。世の中、正しいことの方が珍しいのだから。僕自身、全然困らないけれど、読者は混乱するかもしれないし、しないかもしれない。ここに挙げて修正するのは、面白いからである。面白ければなんでもありだ、と思う。違いますか？

「森博嗣は、読んだ本を燃やすらしい」↓「わざわざ、そんな手間のかかることしない」

「本を読まないと書いていたのに、本の紹介をしている」↓「読みますよ、少しなら」

「二足の草鞋《わらじ》なのに、出版ペースが異常」↓「今どき、草鞋はない。せめてサンダル」

「コーヒーをコーヒって書いてて爆笑」↓「書いてないけれど。その程度で爆笑するか？」

「エクスプロラって書いているんだろ？」↓「何ですか？　エクスプローラのことか？」

「スーパって、発音していたりして」↓「しています。発音のとおりに書いているだけ」

「娘のために小説を書き始めた」↓「娘に読ませるため。だいぶ意味が違う。わかる？」

「十五年もまえにツイッタのこと書いていた」↓「たぶん、二十五年まえの間違いです」

「VRについて処女作で書いて未来予想している」↓「予想はしていない。書いただけ」

「Nゲージを買うために小説を書いた」↓「Nゲージは持っていないけれど、なにか？」

「愛車は空冷のポルシェである」↓「かつてね。その車は日本にまだあって、預けてある」

「孤独を愛するなんて言って、結婚している」↓「言っていない。結婚こそ孤独だと思う」

「エゴサしているから気をつけよう」↓「していないが、ファンが密告するので注意を」

「マスコミ嫌いで知られている」↓「あ、そうなんだ。それは、知らなかったなあ……」

「左翼は叩くが右翼は叩かない」↓「どちらも叩いていない。どちらかが被害妄想かも」

「テレビも新聞も見ないのに、どうやって社会を知る？」↓「だから知りませんって」

「土屋賢二や京極夏彦と一緒に旅行する仲」↓「誰かと一緒に旅行したことはないはず」

「書斎には一冊も本がない」↓「ある。自分の本が床に山積み。しかも封がされたまま」

「戦闘機好きが高じてスカイ・クロラを執筆」↓「戦闘機は好きではない。武器が余分」

「ガンダムや電気羊が好きらしい」↓「ガンダムは見ていない。電気羊も読んでいない」

「引退するといいながら、まだ書いている」↓「引退して書いているのですが、なにか？」

「一週間で本を書き上げるらしい」↓「そういうときもあったが、今は二週間ほどかける」

「サイン会はしないが名刺交換会はする」↓「今はどちらもしない。誰にも会わないし」

「電子書籍を推奨していて、紙の本は嫌い」↓「嫌いではない。今も買うことがあります」

「コンピュータ関連の本も執筆していた」↓「したことがあるのはプログラム関連です」

81 「散らかし術」についてなら、本が書けるかもしれない（本気にしないでね）。

二年ほどまえに、『アンチ整理術』という本を上梓した。このタイトルにするには、出版社の抵抗があった。もちろん、整理術について書いてほしかったからだ。そういう需要があると踏んでの企画だったのである。森博嗣が整理魔だとでも思ったのだろうか。

僕は、自慢じゃないが筋金入りの「散らかし魔」だ。書斎も工作室もガレージも、完璧に散らかっている。僕以外に立ち入れない。犬がときどき入ってくるが、方向転換できないくらいだ。やりっぱなしにするし、どんどんものが増える。なんでも溜め込む。

使いたいときにない、という状況が嫌いなので、そうならないように日頃からストックする。使えそうなもの、面白そうなものは手に入れていじる。いじったあと、そのまま放置する。いずれなんとかしよう、なにかに利用しよう、というつもりだが、可能性ばかりが膨《ふく》らみ、本当に利用されるものはごく少ない。だから、爆発的にものが増え、散らかっている。ゴミ屋敷というものがときどきニュースになるが、あの気持ちはよくわかる。

僕はコレクタではない。ものを集めるつもりはまったくない。コレクションというのは、集めることに意義があり、集めたものは綺麗に収納され、飾られている。僕は、実際にいじるために手に入れ、とことんそれで遊ぶ。ときには壊したり、分解して内部を調べる。その時点で、もう目的の半分は達成され、のちのちの利用はどうでも良くなっているのだ。本来なら、いじり倒したあと捨てれば良いのかもしれない。でも、まだ使えるものだし、可能性が残っているからストックしたい。利用機会があったとき、なんともいえない嬉しさが込み上げる。それから、買ったことを忘れていたものを発見するのも幸せだ。

かつては経済的な制約があったから、欲しくても買えないものがあった。今は、なんでも買える。だから、とにかく買って、いじって、ストックする。膨大なおもちゃ、材料、道具などが、僕の周りに溢れかえっている。ときどき、奥様が電池やネジやテープや接着剤やペンキなどを「ない？」ときいてくるが、ないなんてことはない。ストックしていることが誇りでもある。どんなものだって、僕は持っているのだ、とのプライドがある。

ただ、状況は少し変わってきた。たいていのものがネットで注文すれば翌日に届くようになった。こうなると、前日に明日のことを考えるだけで、ストックしているのと同じ状況になる。しかも検索できる。僕の工作室やガレージは検索できない。整理されていないから、見つけるのに一日以上かかることがある。さきも長くない年齢なのだから、そろそろ方針を改めようか、と少し考えているところである。ほんの少しですけれど……。

82

美しい自然の景色に囲まれて暮らすより、その景色が自分の庭の方が良い。

窓から富士山が見えるとか、雪を冠した連峰が望めるとか、わりと「眺望」をその建物や土地の価値にしたがる傾向が認められる。しかし、よく考えてみればわかることだが、それは「見えている」だけのものであって、写真や絵とほとんど同じなのだ。モニタに映し出せば、世界中の眺望がいつでもどこでも楽しめる。もし、それは本物ではないというのなら、自分の目で見ているものだって、本物とはいえない。

たとえば、隣に大きな家が建ったら見えなくなる。曇っていても見えない。夜も見えない。少なくとも、障害物が出現する可能性のある場所まで自分の土地にするべきだろう。でなければ、直接見えても自分のものではない。理想的なことをいえば、富士山が自分の庭にある、というくらいにならないと本物ではない。自分の土地なら、電信柱も立たないだろうし、角度も自由だし、もっといろいろな変化を楽しめるだろう。そうなって初めて、写真や絵ではない「本物」に近づける。そういう意味で、遠景というのは二次元であり、解像度が低く、想像力なくしては価値が認められない「きっかけ」程度のものである。

眺望や遠景を「自然」だと勘違いしている人は多くて、不動産屋のコピィに乗せられている。かつては、「リバーサイド」が売りになったけれど、この頃はハザードマップを気にする人が増えた。日本の風光明媚《ふうこうめいび》な場所というのは、たいてい人家や道路が見えない場所だが、何故人家や道路がないのかというと、危険な場所だからである。したがって、風光明媚なところは、ときどき天気の良い日に出かけていって、眺めて、空気を吸って、そして帰ってくる目的地として適している。そこでずっと暮らすには覚悟が必要だろう。

田舎をドライブしていて、「こんなところに住みたい」と思うことがある。そういうときは、その場所へ雨の日に出かけていこう。また、どしゃぶりだったら、どんな風景かと想像してみよう。日本は雨が非常に多い。雪も多い。風景がどのようになるのか、少し想像するだけで、その場所の価値を再認識できるはずだ。

もちろん、雨や雪の日は快適な家の中に籠もっていれば良い。自然の中で暮らしていても、コンクリートの都会で生活していても、屋内は同じである。家の中まで影響が及ぶのは、空気の綺麗さ、気温、そして音である。光は遮断されるから、風景は無縁にできる。

古来多くの日本建築には庭園が伴い、その庭園に自然を再現しようとした。周囲の自然は普遍ではないが、庭園の人工物ならば人の手で管理ができ、生きている間は自分のものとして愛《め》でることが可能だ、と考えた。美しい建築は美しい庭にあって映えるものだ。

83

「勝つ」とか「戦う」といった言葉をつい使う年代は、自分の古さを自覚しよう。

「人生の勝ち組」とか「ビジネス戦略」とか、ついその種の言葉を使いがちであるけれど、その姿勢こそが「世知辛《せちがら》い」し、また今や古く感じられる。少なくとも、今の若者の価値観には馴染まない。まだ顕著に現れていないものの、スタイルはシフトしつつある。ビジネスにおいても、上の人は早めに気づいて、対若者作法を考え直した方が良い。「勝つ」ことに価値を見出さない世代なのだ。みんなで仲良く、平和だったらそれで良いじゃん、というわけである。僕は、これは正しいと感じている。僕自身が、ずっとそうだった。「なんでそんなに争いたがるの？」と多くの場面で、いつも一歩引いて見ていた。

たとえば、ライバルが必要で、争いがなければ向上はない、とか。人間は揉《も》まれてこそ切磋琢磨《せっさたくま》し成長できるとか。辛《つら》い目に遭わないと本当の喜びは摑めないとか。いわばハングリィさの美化であるが、現代の子供たちには、ほとんど理解不能な概念なのだ。

妥協案として出てきたのは「自分に勝つ」といった表現だ。相手を打ち負かすのではない、「自分との戦い」だというわけである。どうして、それが「勝つ」ことなのか、どうして「戦い」だと考えるのか、基本的な部分にこびりついた前時代の遺産が垣間見える。

昭和の時代には、「戦い」があったかもしれない。そういった言葉で鼓舞された人たちがいた。日本の社会は、戦争に敗れた後遺症を抱えていたからだ。今でも、遅れている国々ほど、仮想敵国を大っぴらに想定し、好戦的な言葉で威勢が良い。そうしないと国民が堕落《だらく》すると考えているからだが、それが古い。古いだけではなく、未成熟である。

言葉で力や勢いを示すことが、上品ではない。言葉は、穏やかで紳士的であるべきだ。集団でなにかを行うには士気を高めなければならない、という発想も、実は時代遅れだと感じる。おそらく、適用範囲はスポーツくらいだろう。現代のビジネスは、人の意気込みではなく、データとツール、そして先見性や観察力、想像力、分析力によって決まる。ようするに、データとツールが「力」であり、人間の集中力はもはや期待されていない。逆に、人間に仕事をさせすぎると違法になる世の中になった。人は戦わなくて良い。

ウィルス騒動に対しても、「勝利しよう」と気勢を上げているが、もしこれが戦いだとしたら、最初から勝ち目のない負け戦である。つまり、防衛戦でしかない。被害をできるだけ小さくする方策を探り、元どおりには戻らないにしても、それに近い状況を目指している。これは地震でも台風でも同じだ。相手を攻撃することはできない。そもそも勝ち負けではないのだし、戦いでもないということを、よくよく認識するべきである。

84

憎まれ口を叩くことで、相手にとって有益な情報を伝えられる場合がままある。

天才的な洞察力や観察力を持っている人物が、親しい人、そうでない人を問わず、皮肉に取られる発言や、ずばり弱いところを突く痛言をしたりする場合がある。周囲の常識的な人たちから、「どうして、そんな余計なことを言うの?」と眉を顰《ひそ》められる。これは、よくある光景というか、僕自身も何度か経験している。ほとんどの場合、僕はそれを言う側だった。だが、自分のことを天才的な、と自慢しているわけではなく、たまたま思いついてしまったり、気づいてしまったり、偶然にも情報を手に入れたりしたからにすぎない。

黙っていれば良い場面である。そのとおり。口にすれば、おそらく誤解され、相手に真意は伝わらないだろう。相手が理解力を持っていて、なおかつ耳にした情報の価値に気づいてくれれば、誠意がわかってもらえるが、そうはならない確率の方がはるかに高い。

それでも、あえて発言するのは何故か。一つには、その僅かな確率でも、真意が伝わる可能性がある、ということ。もし伝わらず、「困った奴だ」と相手に思われても、特に不利益だとは感じないので、確率の低い利益と、ほとんどない不利益を天秤にかけた結果の判断ということ。二つめには、今は伝わらなくても、いずれ気がつく可能性があること。その人が未来のどこかでそれに気づき、そういえば、あのとき彼が指摘していたな、と思い出すかもしれない。そうすれば、結果的に真意が伝わったことに等しい。これも確率は非常に低いが、ゼロではない。失うものはないので、発言しようという判断になる。

アドバイスをしたつもりはない。また、情報を提供したことに感謝してもらいたい、とという気持ちもない。ただ、その人にとって有益な情報を提供したことに感謝してもらいたい、つたりするので、黙っているのは気持ちが悪い。教えてしまえば、それで責任は果たしたことになる。あとは本人の判断だ。そう考えるわけである。人に好かれようとは基本的に思っていない、という点が、常識的な一般人との違いであるが、他者を軽蔑しているわけではないし、いちおうは力になれるものならば、と協調しているつもりなのだ。

もちろん、言い方が悪いという場合もある。好かれたいと思っていないから、当然ながら言葉を飾らないし、誤解のないよう曖昧な表現を避け、ずばり相手の悪いところを指摘するから、聞いた方は頭に血が上るだろう。そうなることも予測しているのだが、いずれはその血は下がるはずであり、そのとき気づけば良い、と考えている。頭に血が上るような感情的な反応は意味のあるものではない。怒らせてしまっても、殴られるわけではないから損はまったくない、と計算している。ようは、非常に冷静な「好意」なのである。

85 ダイエットばかりが持て囃されるのはどうして？ 断捨離も同じ理由？

僕が子供の頃の少年雑誌には、「君も太ろう」といった宣伝が載っていた。痩《や》せていることは恥ずかしい状態であり、太る↓健康↓優良といった価値観があったわけである。僅か半世紀で、それが覆った。六〇年代くらいから、がりがりのファッションモデルが登場し始め、まず女性が痩せたくなり、そのうちに男性も痩せた方が「スマート」だといわれるようになった。今でも、僕より上の年代の人は、痩せているという意味で「スマート」という。スマートフォンも薄っぺらいから、その名称になったと信じていることだろう。

世の中には、痩せすぎて困っている人もいる。太りたい人もいる。そちら方面には、ほとんど目が向けられていない。一種の差別ではないか、と思えるほどだ。この頃では、家にものが多いと悪、断捨離してすっきりしよう、と煽られている。ダイエットすれば、ジムやレストランが儲かるように、断捨離すれば家具屋や不動産屋が儲かるというわけで、ようは商売に乗せられている、というのが遠くから観察していると顕著に見えてくる。

ところで、今回この本を執筆するのに、ゆっくりと書いてみようと意気込み、珍しく一カ月ほどかけた。つい書きすぎてしまうからだ。執筆量ダイエットといえる。この一カ月で体重も三キロほど減少した。僕は冬から夏にかけて痩せるのだ。三月に比べると既に八キロ軽い。でも、努力をしているわけではなく、まったくの自然現象である。

ダイエットのCMで「こんなに痩せました」と出てくる人も、それだけ太った過去があり、今後も太りやすいはずである。減らす方にばかりスポットライトを当てているのは不自然ではないか。もう少し「変遷」というものを分析し、自分の変化を把握するのが良いと思う。家の中の物品についても、増やすも良し、減らすも良し。問題は、現在の状況の自覚と、目指すもの、すなわち目的意識である。何のために増やすのか、減らすのかだ。

たとえば、今の人たちは、スマホの中のアプリを断捨離した方が良いだろう。また、交友関係も断捨離を考えよう。「つながる」ことで太りすぎている。カードも減らした方が良いし、ポイントやクーポンも太りすぎ。写真も、撮りすぎ保存しすぎアップしすぎ。溜め込んで得をしたつもりでも、太っているのと同じで、病気になりやすい体質を作っているのかもしれない。維持しないといけないというプレッシャがストレスになるからだ。

自分へのインプットが知らず知らずのうちに増えて、アウトプットが追いつかなくなる。だから太る。もちろん、インプットが悪いのではない。加減が必要なだけだ。インプットもアウトプットも、やめられなくなるとバランスが崩れて、最後は病気になる。

86

スバル氏は聞き上手で、自分のことは話さない。

スバル氏というのは、僕の奥様（諄《くど》いが、あえて敬称）である。彼女は、人にものをききたがり、人に話をさせたがる。あたかも、他人のプライベートに興味があるように見えるのだが、全然そうではない。相手にしゃべらせることが、彼女としては「社交」なのだ。そういう育ち方をしたのだろう。一方の僕は、無駄な話に時間を消費することが嫌いなので、彼女と一緒に誰かと会うと、「そんなことききかなくても」と感じる。話が長くなってしまうからだ。さっさと用件だけを済ませて、自分の時間を増やしたい気持ちである。

一見、話好きに見えるのだが、全然そうではない。現に、僕とはほとんど会話がない。質問もしないし、さっさと用件だけを済ませる。まあ、僕がそういう人間だとわかっているからだと好意的に解釈もできるけれど、僕との違いは、やはり社交性にあるといえる。

世の中の人を観察していると、話したい人と聞きたい人に分かれる。自分のことを話したい人と、他人の話を聞きたい人である。僕は、人の話を聞くのが好きで、自分はほとんど黙っている方だ。スバル氏も基本的には同じで、自分の話は滅多にしない。たとえば、自分の身内、親兄弟、子供、夫のことは話さない。良いことも悪いことも話さない。犬の話もしない。そうなると、間《ま》が持てないから、相手の話を聞き出すしかないわけだ。

僕は、人の話を聞くけれど、こちらから問いかけない。自然に出てくる話が聞きたいからだ。どんな話題を切り出すか、という点に最も注目していて、僕の方から尋ねることは好まない。「問わず語り」を期待しているわけだ。書物を読むのと同じである。黙って聞いて、ときどき不明な点や矛盾点に気づいたら尋ねる、というくらいで会話になれば良いが、あまり話さないと、相手もしゃべらなくなるから、ときどき頷《うなず》いたり、感心したりはする。どちらかというと、僕の方がスバル氏より、相手から聞いたことを記憶しているし、情報を得ているだろう。スバル氏は、聞き流している嫌いがある。聞き上手という人は、一般に聞き流していて、覚えていない場合が多いのだ。この辺りも社交的である。

自分の話をしたがる人には、自分の秘密を暴露しているのだから、そちらも秘密も話してよ、という心理があって、秘密を交換することで親密になれると期待している。または、自分の良い部分を理解してもらいたい、少しでも良く見られたい、との単純な欲求もあるだろう。スバル氏は、後者には受けが良いが、自分のことは話さないので、前者には受けが悪いはずである。僕としては、見習うべき部分がある。それは、人に好かれたくはない、という孤高のスタイルであり、かつ柔軟だからだ。今さら、見習っても遅いか。

87 日本の子供たちが「最初にお役所仕事」を体験する場こそ、小学校である。

「お役所仕事」がわからない人は検索を。昨年もこれについて書いた。日本の役所は、半分くらい「お役所仕事」から脱したように見える。つまり、改善されている。それは、新しい世代が役所に就職したためだが、まだ上の方に古い人たちが残っているので、完全な改革までには、もうしばらく時間がかかることだろう。市民に接する人員は、若い世代なので、サービスは良くなった。しかし、根本的なシステムがまだまだ古い。

子供は、「お役所仕事」には無関係だと思いがちだが、小学校というのは、公立であれば役所そのものといえる。担任の先生は若いから、子供たちへのサービスは見かけ上新しくなった。しかし、校長や教育委員会は古い体質のままである可能性が高い。

まず、自分たちで改善することに腰が重い。上から指示されないとなにもしない。上から指示されても、新たな改革には必ず抵抗する。これまでどおりのやり方を守り抜こうとする。現在のサービスで手一杯なのだ。業務のデジタル化も遅れている。在宅で教育ができるようなシステムも完備していない。夏休みがあるのだから教室にクーラはいらない、ランドセルが買えるならタブレットも買えるはずだ、という発想であったり、登校時や体育の服装を校則で定めていたり、給食を全員が一緒に食べなければならなかったりする。

　僕の個人的な感想だが、どうして体育という授業が必要なのか、何故学校に部活というものが必要なのか、運動会とか遠足を全員参加で強制する必要があるのか、などの疑問をずっと抱いている。そういうのは、学校とは別のところがすれば良いことではないか。給食だって、各自が好きなようにすれば良い。同じものを食べる必要はないだろう。

　僕が子供の頃の学校の職員室というのは、役所の雰囲気と同じだった。今はどうだろう？　子供たちの親は、役所の窓口へ行くように、学校の先生と接していた。今は、そういったものはネット上ですべて解決しているのだろうか？　かつては、あの職員室の雰囲気が、事務所や会社にもあった。切符を買う駅の窓口の奥にもそれがあったし、銀行だって、窓口の奥に役所のような仕事場がある。おそらく霞が関もそうだろう。「お役所仕事」を見せつけるような光景だ。机の上に書類が山積みになり、電話が鳴り、席を立って人が行き来する。奥にはリーダ的な人の机がある。仕事というものはこういう場で行われているのだ、と言わんばかりに同じである。でも、今はそれが電子化されたはずでは？

　利用者の選択を不自由にすることが、これまでの合理化であり効率化だった。子供の数は半減している。教室に毎日集めて先生が黒板に文字を書くのを、いつまで続けるのか？

88

「諦める」ことについて、最近少し考えた。僕は諦めたことがあるだろうか？

「諦め方」について書いてほしい、という依頼があり、考えて本を書いた。はたして、僕は諦めが良い方なのか、それとも悪い方なのか。いろいろ諦めた気もするし、なにも諦めていないような気もする。はっきりとしないのだ。どうしてそんなふうに感じるのか。

たとえば、探しものをすることが多いのだが、僕は絶対に諦めない。見つけるまで探す。何故なら、それがあることを確信しているし、つい最近見たとか、使ったばかりのものだからだ。何年もまえのものだった場合は、「あるはずだ」という確信が揺らぐ。もしかして記憶違いかもしれない。自分の記憶をそこまで信じていない。だから、徹底的に探して、その結果なければ、「ああ、あると勘違いしていたのか」と新たな発見をする。これは、諦めたわけではない。わかった、理解した、という状況だ。

研究でも、諦めたことはない。思っていたとおりにいかない場合は、思ってもみない発見があったときであり、諦めるというよりは、むしろ喜ばしい。知らないことを知る経験だからである。みんなはどうなのか？　いろいろなことを諦めていると話すけれど、あれは本当だろうか？　なんとなく、軽々しく「諦めた」という言葉を使っている気もする。

僕が「諦めよう」と思わない、「諦めた」と感じない理由は、そもそも「期待」していなかったからだ。僕は、子供の頃から期待しないように育った。親父がそういう人だった。「もうすぐ死ぬ」とか「大人になったら自分一人で生きていけ」が口癖だった。人に頼るな、幸運を望むな、自信を持つな、なるようにしかならない、と教えられた。

これはすなわち、最初から人生を諦めているような姿勢とも取れる。良くいえば、悟りを開いた老僧のような心境である。若い頃から、そうだったし、今もほとんど変わっていない。基本的に、なるがままに生きる、自分一人だ、人のことは気にならない、という生き方をしていて、こうなると「諦める」ような機会がない。なにごとも、どうせ上手くいかないだろう、と疑ってかかるから、たまたま成功したときは嬉しいし、駄目だったとしても、それが普通で、「なるほど、やっぱりね」くらいにしか感じないのである。

それでも、たまたま自分が成功する体験を繰り返すと、「幸運かもしれない」くらいには感じる。こつこつと進めていれば、そういう幸運が巡ってくるな、とは思う。でも、期待とまではいかない。すべてが「駄目元」なので、やればやるだけ得、駄目でも損はない。ゼロが普通なのだ。多くの人は、どうせ駄目に決まっているからと行動をしない。やることを諦めている状態だ。これは、「駄目元」さえも諦めているのではないだろうか？

89 ついでに、「逃げる」ことの重要さについて、念のために語りましょう。

何故なのかわからないが、「逃げるな」と叱られることがある。子供に対して、そういう指導をするようだ。幸い、僕は言われたことがない。母は、それらしいことを言いたげだったものの、父がそうではなかった。「いつでも逃げることを考えろ」と教えられた。

実際、困った状況というのは、逃げ場のない環境にある。どんな動物でも、嫌なもの、怖いものから遠ざかる。本能的にそれがわかっていて、出会ったら、すぐに逃げる。そもそも、そういう対象には近づかない。それが基本だ。それなのに、こんなに頭が良くて、これほど安心安全な社会を作り上げた人間が、逃げられない状況になるのは何故なのか？

いろいろな条件が重なっているけれど、しかしそれを単純化すれば、逃げられないのは、自分が「逃げられない」と思っているからである。本当のところは逃げられるのに、退路がないと思い込んでいるのだ。では、何故そう思い込んでしまったのか？

ここが重要な問題で、なんらかのルールであったり、周囲の空気であったり、あるいは教育や躾《しつけ》の結果であったりする。逃げられない、と思い込ませるような洗脳的な作為が、外部から加わった。だから逃げられないと信じてしまう。最悪の場合、死を選ぶことしか逃げる道がない、とエスカレートする可能性もある。そうならないように、社会も人々も、いつでも逃げて良い、逃げる権利が誰にでもある、と繰り返し言葉にした方が良い。

「逃げる」ことがどうしてここまで嫌われるのか。逃げるのは卑怯だとか、逃げたら負けだとか、何故マイナスのイメージになったのだろう。たとえば、災害に対しては、避難するのが当然になっていて、これは悪いイメージではない。みんなで、逃げているのだ。

何故、逃げることが嫌われたかといえば、それは戦のときに兵が戦うのを放棄することを恐れたからだ。この価値観は、最近の戦争でもそのまま残っていた。「戦争なんてやめよう」と誰も言えない社会だった。逃げるくらいなら死のう、という空気だったのだ。

そういった精神が、今もどこかで燻《くすぶ》っていて、その空気から逃げられない若者や子供たちがいる。他者に助けを求めることも、逃げることだと認識されているのだ。

逃げても良い、といつも確認することが第一。その次に大事なのは、逃げるなら早い方が良いということ。これも、かなり誤解されている。ぎりぎりまで諦めるな、できるかぎりの努力はするべきだ、という指導が一般的だから、もう駄目だ、となったときに遅すぎる。また、人よりもさきに逃げたくない、逃げるところを見られたくない、といった見栄もある。この見栄も、燻った空気が見せる幻影なのだ。もっと気軽に逃げましょう。

90 最近、楽しいことばかりが僕を取り囲んでいて、その外側が見えないほどだ。

冬は、室内で工作を楽しむ季節である。書斎と工作室はどちらも床暖房が効いていて暖かい。細かいものは書斎で、大きいものは工作室で作る。もっと重工作になると、ガレージになるけれど、ここは少し寒い。それでも屋外のように氷点下ではない。

春になると、気分も盛り上がってくる。まず塗装ができるようになる。吹付け塗装をしたりペンキを塗ったりできる。昨年の秋に建てた小屋も、二週間ほどかけてペンキを塗った。誰にも手伝ってもらっていない。楽しさ独り占めである。

庭園鉄道の運行は、一年中ほぼ毎日のことだが、冬は長くは外にいられないから、一周(約五〇〇メートル)ぐるりと回ってくるだけでお終《しま》いにするが、春は気持ちが良く、何周もできる。鳥の声を聞き、そよ風を感じながら走る。線路の保線工事も春からだ。

自動車の整備も楽しい。古い車だから、ボンネットの中を三日に一度は覗く。オイルやラジエータをチェックしながら、汚れているところを拭く。僕は、車のボディはほとんど洗わないけれど、エンジンルームは綺麗にしている。そこに自動車の価値があるからだ。

芝生の整備も春から始まる。土に細い穴を沢山開けて空気を地中に入れる。新しい種も蒔く。毎日水やりをして、また伸びてきたら先をバリカンでカットする。六月くらいから、芝生はふさふさの絨毯《じゅうたん》になる。犬たちがそこでフリスビィをする。庭園鉄道も、犬たちが乗ってくれる（人間の家族は乗らない）。そうそう、ドライブも犬が一緒だ。

この地は、夏というものは曖昧で、ほとんど意識しない。ずっと春のまま、秋まで続く感じである。暑くなることはない。樹が茂ると、庭園内はすっかり木陰になって、ところどころに木漏れ日が動いている。その鮮明な斑《まだら》模様が綺麗だ。

最近は、いろいろなエンジンを回して楽しんでいる。まず、ジェットエンジン。もの凄い音がする。電子的に設定を変えて、吹き上がりの調子や温度などをテストする。一方、ガソリンエンジンも沢山の種類のものを回して遊んでいる。機関車に使うこともあるし、飛行機に使うこともある。エンジンというのは、振動や音が面白い。痺《しび》れる感じだ。

冬以外は、工作室の外で切削《せっさく》や溶接をする。木材を切ったり、金属を削ったりする。毎日なにか作っているけれど、多くのものは完成しない。というのは、試作品が多いからだ。とりあえず仮に作ってみて、調子を調べる。上手くいけば、本格的な製作になるけれど、そうなると、もう先が見えてしまって、少しつまらない。どうなるのかわからない、どうすれば良いか知りたい、という段階が一番楽しい。そういう人生だったとも思う。

91 ニュートラル・スタンスというものを、もう少し理解しても良いかもしれない。

ニュートラルなオピニオンでも良いし、ポジションでも良い。つまり、極端に偏らないバランスを維持する。動物も植物も、たいていそんなふうに生きている。人間の社会だって、大勢がいるのだから、平均すればニュートラルになる。ただ、個人がいずれかに偏っている場合や瞬間があって、そういったところで局所的な争いが発生している。

自分の意見を否定する他者のことを敵だと認識するのも、ありがちだ。否定されただけでかっとなる人も多い。意見が否定されたら、自分が攻撃された、自分は嫌われている、と勘違いするのだ。特に、日本人は相手の発言に合わせて、適当に頷いたりするのが習慣だから、ちょっと否定するだけで、異様な緊張を生む結果となる。

たとえば、「私は、この作品がとても面白いと思います」という発言に対して、「僕は、そうは思いません」と否定するとしよう。そもそも、「思っている」という感情的な意見に反論を述べるのは、日本では無作法になるが、でも議論をする場ならば、しかたがない。この否定は、「僕は、それが駄作だ思う」と発言しているわけではない。否定というのは、「反対」ではないのだ。何を否定したのかはわからない。「とても」を否定したかもしれないし、「思う」を否定したかもしれない。どちらにしても、「とても面白いと思うほどではない。わざわざ人にそう伝えるほどではない」と言っているだけだ。つまり、この「僕」は、「駄作だと思う」という人の意見も同様に否定することができる。

味方でなければ敵だ、賛成でなければ反対だ、と受け取る人がいるが、そうではない。味方でも敵でもない、賛成でも反対でもない、ニュートラルな立場がある。「好きじゃない」というのは、「嫌いだ」とは明らかに違う。むしろ、多くの対象は、好きでも嫌いでもない、つまりどちらでもない。そういうものの方が多数なのである。

そういった中立の意見があることと同時に、相手がどんな意見を持っていても、その人物に対して、味方か敵か、好きか嫌いかといった評価をしない。意見が対立していても好きな人物、同調できなくても尊敬に値する人、がいる。また、同じ意見だ、まったく同感だ、といっても好きになるわけではない。同じものが好きでも、仲間だとは思わない。

自分と同じ趣味で、同じ嗜好の人を好きになりたい、との希望はあっても良いだろう。だが、そうでなくても良い。どちらでも良いことだ。もっといえば、好きだから尊敬できるというわけでもない。そんなに単純に考えず、人の評価にはさまざまなベクトルがあり、複雑なのだと理解した方が良いのではないだろうか。もちろん、そうでなくても良い。

92

「中途半端」というのは、それほど悪い状態ではない、と思うようになった。

前項の続きかもしれない。ニュートラルでい続けるのは、ある見方をすれば「中途半端」なのだ。なにかをやり尽くすとか、完璧にやり抜くと、どうしても姿勢が偏る。とことん突き詰めるには、それなりに拘りが必要で、そういう生き方も、僕は尊敬しているけれど、自分にはできないと理解しているのである。何故か。それは、中途半端な方が、自分にとって面白いからだ。あれもこれも、とにかく手を出して、面白いところを体験する。そのうちに面白くなくなってくる。そうなったら、ほかへ移れば良い。自分だけでやっていれば、誰にも迷惑はかからない。自由気ままに、好きなことをすれば良いではないか。

完璧か中途半端かというのは、あくまでも結果の評価である。また、多くの場合、外部からの、他者による評価なのだ。自分は、やっている途中で満足すれば、それで充分だから、自己満足の度合いが減るわけではない。満足は中途半端では終わらない。とことん満足するまでやっている。子供がおもちゃで遊んだあと、お片づけをしないようなもので、傍から見れば、完璧ではないし、中途半端だし、気持ちが悪いかもしれない。でも、子供本人は、遊びをやり尽くして満足しているのである。そういう状態が、僕の理想だ。

だから、終活にも興味がない。散らかして、片づける気などない。中途半端だろうが、精一杯生きて、楽しもうと思っている。ただ、後始末のための資金だけは残しておく。この金で業者を呼んで、綺麗にすべて捨ててもらってけっこうです、というわけである。

こういうことに気づいたのは、工作をしているからだ。完璧なものを作ろうとすると、最後には余計な苦労を強いられる。人のために作っているような気分になる。どうして、自分が楽しめないことに時間を使わないといけないのか、と悩んでしまう。楽しいところだけ齧《かじ》って、あとは放り出せば良いではないか。仕事ではそうはいかない。人に見てもらって褒めてもらいたいなら、きちんと仕上げないといけないだろう。でも、そんなことは、僕の楽しみから外れている、いわば余計な領域、それこそ無駄ではないか。

つぎつぎ新しいものに手を出して、美味しいところだけ味わったら、見切りをつける。「もったいない」かもしれないけれど、「もったいない」が全面的に正しいわけでもない。たしかに、資金的には多少余計にかかる。でも、世間一般にいっているような「贅沢」でもない。自分にとっては、無駄だとは感じないし、また無理をしているわけでもない。

中途半端というのは、ちょうど「良い加減」のことだ。「いい加減」が悪い表現に使われているのと同じく、他者の評価であり、各自の思惑、都合が反映しているにすぎない。

93

「持続可能な思考」というものを最近考えている。これは有用だろうかと。

前述したとおり、サスティナブルという単語が流行っているようだ。多くは「リサイクル」と変わりない使われ方である。僕がこの言葉を聞いたり使ったりするようになったのは小説家としてデビューする以前のことで、建築学の研究の中でも大きなテーマの一つだった。当時でも、当たり前の考え方であり、特別に新しい響きはなかったが、それでも、高性能なら良い、経済的なら良い、そうすれば競争力が高まる、という発想からシフトしようという善意の塊のような姿勢であり、歓迎すべきものとして捉えられていた。たとえば、材料を採掘するところから廃棄するまでを考えて、二酸化炭素排出量を問題にする。

だが、世の中はまだ「余分に金がかかる」面倒なものに消極的だった。高品質とか高耐久性でなければ、ユーザは目を向けてくれないだろう、と考えられていたからだ。

環境や資源が持続する、つまり人類の文明が持続する、という方向性だ。それがそんなに大事なことなのか、と少々不思議に思うけれど、ここではそこまでは述べない。

さて、「持続可能な思考」について、ちょっとまえから、ときどき考えている。持続可能性について思考することではない。思考自体が持続可能か、という意味だ。その意味で語られているものを、僕は読んだことがない。

人間の思考というのは、正解を導こうとする。なんらかの行為について判断をする目的で考えることが多いから、今ある知識やデータで早期に答を求めようとする。あやふやなもの、確率の低い可能性は、とりあえずは採用されず、また軽度に関連しそうなものも排除して考える。考えるときには、ある程度、取捨選択しなければならないからだ。

しかし、別の題材について、同じような思考を繰り返すことも多い。もちろん、データは違うし、条件も違ってくるから、考え方を応用するだけで、同じ答にはならない。こういったとき、その考え方が見かけ上持続しているように感じるのである。「ああ、これはまえにも考えたな」という具合である。つまり、答を出したあとも、考え方自体は頭の奥に残っているわけで、これは何度も使えるツールのような存在になっている。

ただ、ワンパターンで凝《こ》り固まった思考では、いつも同じような判断になってしまいよろしくない。新しい発想が生まれるように、そのときそこで役に立つように、既往の考え方を応用して導ければ、けっこうな合理化というか省エネになる。そう気づいた。そして、そのためには、応用が効く、極めて抽象的な、概念的な思考方法を築くことが重要であり、こういうものを「持続可能な思考」と呼べるのでは、とまだ今も模索している。

94

「ダブルスタンダード」というものを日本人も意識し始めたみたいだ。

日本語だと「二重基準」「二重規範」だろうか。しかし、日本語で親しまれている表現がなかったことでもわかるように、日本人はこれを気にしていなかった。もっと感情的な判断を重視していたからだ。むしろ「役得《やくとく》」は当然あるものと捉えていたし、「本音」と「建前」が自然に両立した社会だった。だが、ルールが絶対であるという欧米の文化が浸透するにつれ、不公平感が目立ってきた。それで、急浮上してきた言葉だといえる。

よく使われるのは、他者に対して主張したり命令したことに自身が従わない、といったケースである。「人に言っておいて、自分は別か」と非難するときに、ダブルスタンダードではないか、というわけだ。もちろん、最初から本人はダブルスタンダードだと認識していただろう。「あなたたちと私は同じ集合ではない、だから私には適用されない」と。

どんな規則にも、適用範囲、適用対象があるので、このような言い訳は当然ありえるのだが、ようは「それが不公平だ」という感覚で捉えられるようになった。かつては、その不公平は当然だった。不公平になりたいから出世し、権力や金を手に入れたのだ。何のために努力してきたのか、と言いたいところだろう。

　立場が関係しないダブルスタンダードもある。意見を述べているとき、自分の主張の根拠となる理由が矛盾していたり、以前と違う理由に切り替えたりした場合に、「あれ？　このまえと言っていることが違うんじゃない？」と不審に思われる。これも、ダブルスタンダードである。たとえば、原発反対を主張するとき、事故による放射能漏れなどの環境被害を理由にしていたのに、そういった安全性確保には経済的負担が大きい、という理由を挙げる。安全性なのか経済性なのか、という揺らぎがあって、主張自体が怪しく感じられてしまう。おそらく、理由は沢山あった方が良いとの、多数決的な論理なのだろう。

　感情的な理由と根拠のある科学的理由があったとき、できれば感情的な理由を表に出さない方が良い。みんなが望んでいるとか、悲しむ人が沢山いるとか、ずっと努力をしてきたものだとか、そういった理由で主張を補足したつもりになっている人がいるが、明らかに逆効果である。そんな感情論で主張しているのか、と捉えられてしまうからだ。

　とはいえ、一般に、理由はいつも一つとは限らない。論理を組み立てるだけで問題が解決するわけでもない。大勢を納得させるために必要なダブルスタンダードもあるのかもしれない。そのあたりは、ケースバイケースである。このケースバイケースというのが、そもそもダブルスタンダードといえる。そういった自覚が大事だろう。

95

周囲から「これが得意なんでしょう?」と言われることが、だいたい苦手である。

僕が「これは得意だ」と自分で思っているものは、ヨーヨーか、落書きか、両手で文字を書くことくらいである。そのほかのものは、だいたい普通。苦手なものとしては、工作、作文、数学、文章を読むこと、じっとしていること、人を待つこと、玉葱《たまねぎ》、海の幸、餡子《あんこ》、栗のケーキ、スイカなどである。このうち、最初の三つくらいが誤解されている。

工作は好きだが、得意ではない。実際、全然上達しないし、人よりも上手に作れない。作文は嫌いだ。子供のときから大嫌い。今でも、いやいや書いているし、自分が書いた文章を読む気になれない。ただ、しかたなく書いているし、いつの間にか書くことが仕事になってしまったので、今はすっかり諦めている。数学は、子供のときは好きだったし、得意だったかもしれない。計算も早かったし、解けない問題に出会うことも少なかった。しかし、極めたわけではない。もっと凄い人を沢山知るにつけ、自分は駄目だったのだな、と恥ずかしい。だから苦手になった。食べものでも、牡蠣《かき》がこれと同じ。子供のときに好きで食べすぎたのか、一度腹を壊し、それ以来受けつけなくなった。今では、貝類は一切食べない。ウニもイクラもホアグラも食べない、と影響が広がっている。

作家になって、出版社から「こんなテーマで書いて下さい」と依頼を受けるのだが、相手は森博嗣が「これが好きだろう」「これが得意だろう」と想像して、書けそうなもの、書きやすそうなものを選んでくるのだが、ことごとく外れている。最近の新書を読まれた方ならご存知だろう。依頼されたテーマを否定する内容ばかりになっている。もっと正面からしっかりと受け止めて、実のある話を書きたいものだ（とも思わないけれど）。

たとえば、戦闘機が好きだと思われて「スカイ・クロラ」を執筆する目に遭った。僕は模型飛行機を作るのが好きだが、飛行機の中でも戦闘機が嫌いだ。重量物の武器を搭載するために不自然な形態になり、目立たないように塗装も美しくない。推理小説も苦手で、もう二十年ほど読んでいない。映画もドラマも敬遠している。奥様の方が、この方面では詳しい。毎日ポワロやコロンボをご覧になっているのだ。きっと得意なのだろう。

パズルとかクイズとかも苦手で、手を出さない。そういうものを考えさせられることが苦痛である。将棋やチェスなども苦手だ。近づかないようにしている。なんというのか、可能性が限られていて、その不自由さが、孫悟空《そんごくう》の頭の輪のように思考を締め付ける。

自分をいつも自由なところに置きたい。だから、苦手なものを避けるようになった。作家の仕事をどんどん縮小しているのも、このためである。どうか、期待しないように。

96 透明性、公開性、そしてデジタル化は、「水に流せない」社会へのシフトだろう。

イギリスやアメリカのドラマを見ていると、関係者の過去の犯罪歴を非常に重視する。そういったデータが完備しているし、参考になる確率が高いという経験則だろう。再犯率の高さというのは、歴としたデータだ。ただ、それを証拠として逮捕するわけではない。単に疑うだけだ、差別ではない、という価値観らしい。この感覚は、日本人には抵抗感が強いのではないか。罪を犯しても、罰を受けたのなら水に流すべきだ、と。

最近の話だと、原発事故の処理水を海に流すという問題があった。欧米は、科学的に判断して問題がないという立場だが、韓国や中国は猛反対している。日本人の中にも、反対は根強いだろう。きちんと処理をすれば水に流せるのかどうか、意見が分かれるところだ。僕の個人的意見は書かない（きっと想像できるだろう）。

社会は、少しまえに比べてはるかに透明性が高くなっている。悪事を隠すことが難しい世の中になった。内部告発はあるし、防犯カメラもある。最近、ドライブレコーダで交通マナーを守らない人が取り上げられるが、そのうち各自がヒューマンレコーダを装備するようになり、突然襲われたりしても、映像が残っている時代になるだろう（データは常時クラウドへ転送されるから消去できない）。安全という観点では貢献するが、プライベート尊重の問題は残る。公開しなければ良い、といっても、必ず漏れるにきまっている。

そういったデジタル化が進むと、あらゆるものがさらにクリーンになるはずで、事件や事故が発生したときに、関係者の過去へ遡ってデータがアクセスされるはずだ。特別な事情なら個人データを検索して参考にできるような法整備が進む。というわけで、子供のときや若いときのちょっとした悪事が、その人に一生ついて回ることになる。その場で謝って赦《ゆる》してもらっていても、やっぱりそういう人間だった、という評価をのちのち受ける。既に、今もそうなっている。ネットは匿名だからと、ちょっといたずら気分で書き込んだことで大事になり、裁判になり、逮捕される。今後さらに徹底されることだろう。

デジタルデータが誕生してまだ数十年であり、万人がこれほどネットにアクセスするようになったのは十年ほどまえのことだ。SNSの普及で、その人物がどんな生活をしたか、何を見たか、どう思ったかが記録されている。それらの記録は褪《あ》せない。いつまでも残る。僕の世代は、人生の大半の記録が残っていない（それこそ戸籍くらいだ）。しかし、今の若者はそうではない、ということ。日本の「水に流す」潔《いさぎよ》さは、国際的にも、また未来的にも通用しない。日常の言動に気をつけた方がよろしいかと存じます。

97 許容できるものは許容し、できないものからは離れる。それが自然である。

「逃げる」については書いたが、その判断をするまえに、許容できないか、という問題があるだろう。スイカが嫌いなら、食べなければ良い。これは許容する必要もない。しかし、身近にあるもので、無視できない対象がきっとあるはずだ。たとえば、仕事場に許せない人物がいるとか、許せない周辺環境があるとかである。

言葉では「許せない」と簡単に表現するけれど、その言葉が出るのは、実は許容しているからである。許容できないのなら、その場にいられないはずだから、結果として「許せない」状況が持続しない。人によっては「我慢できない」と言いながら我慢し、「許容できない」と言いながら許容し、「限界を超えている」と言いながら放っておけるようだが、それはつまり我慢でき、許容でき、限界を超えていないからだ。自己評価と客観的評価が食い違っている。感情的にそうイメージしているだけで、現実はそうではない。

「許容できる」の多くは、「許容するしかない」である。許容しない場合に生じるデメリット、つまり「犠牲」の大きさを鑑《かんが》みて、しかたなく、そうするしかないから許容しているのだが、これはまちがいなく「許容できる」状況といえる。許容する余裕があり、許容する能力がある。それはそれで立派な態度というか、社会的に人間ができている証拠だ。

「許容すること」「許すこと」が、「負ける」ことだという認識がある。突っぱねられるような有利さを自分が持っていないことを情けなく感じるかもしれない。そんな「勝負」に拘るような価値観があるために、「許容できない」と腹が立つのである。

だが、どんな交渉にも、議論にも、商談にも、妥協がある。お互いに妥協するから協力関係が結べる。最終的に自分に得な選択をするために「許容」することができる。だから、許容できる状況のときには、自分にはその「能力」がある、と意識すれば良い。

若いときに許容できなかったものが、歳を重ねるとできるようになる。また、困窮しているときには許容できなかったものが、余裕が生まれるとできるようになる。自分が豊かになるほど、許容がしやすくなる。逆にいえば、許容できない人たちは、なんらかの貧しさを抱えているはずだ。それは、精神的なもの、経済的なもの、感情的なもの、いろいろであるけれど、そのときの個人の状態であって、ずっと変化しないものではない。

許容できるものは許容する。できなかったら、恨んだり怒ったりせず、すっとそれから離れるのが、動物として自然な行動であり、自分にとって最も安全である。気持ちの切換えなどはいらない。許容したら、もうそれで終わりだ、条件が変わらないかぎりは。

98

夢が達成される瞬間というものはない。夢に近い状態への漸近《ぜんきん》か維持があるだけ。

人生の目標のようなもの、将来の夢といったもの、それが生きているうちに実現されたら、こんな幸せなことはない。しかし、それは「今だ」という瞬間的なものではないだろう。じわじわと近づき、知らないうちに、イメージしたものに似た状況になっている。でも、そのときになってみると、まだいろいろ足りないものが目につくし、また不完全な部分を修正しないといけないはずだ。でも、まあ、こんなものかな、と感じつつ、その状況をずっと維持していくことになるだろう。限りなく近づくという意味で「漸近」といっても良い。決してずばりそのものにはならない。どんどん近づく、無限に近づくのだ。

「やった、これでもうやり残したことはない」とはならない。その幸せな状況を維持するために、けっこう労力がかかるからだ。たとえば、目標の立場に至ったのなら、その立場にい続ける努力が必要だ。ただぼうっと立っていられるほど安定していれば良いが。

かつて、「あれが夢だ」と目指したものは、遠くからは一点に見えた。しかし、実際にそこまで来てみると、一望できないほど広い。ここが目標地点だ、という道標はないし、

「はい、ゴールインです」と旗を上げてくれる審判もいない。自分が目指したものは、自分にしかわからない。人に決めてもらうものではない。さて、自分は満足だろうか？

もちろん、ある程度の満足は感じているだろう。長い道のりだったな、と思い出すこともあって、多少の感慨はある。でも、それよりも、まだやり残していないか、なにかもっと違うものが見つからないか、ときょろきょろと周囲を見回してしまう。その方が面白い。これまで、考えもしなかった風景があって、新鮮な発見が沢山あるだろう。しかも、自分が目指した場所なのだから、もう自分にぴったりで、自分が大喜びしそうなものばかりが、無限に散らばっている。まさに天国のような場所だ。

幸せは、小石のように落ちている。どこにでも落ちている。目標へ向かう途中の道にもあった。ときどき拾い上げて、綺麗な石だな、と見つめたけれど、まだ先は長いと思い、気を引き締めた。しかし、ゴールにあるものも、同じ小さな石だった。大きな幸せの塊が待っているわけではなかった。そういうことが、だんだんとわかってくる。

そして、長い道のりを歩いてきたつもりでも、結局は同じ場所にいたことに気づくだろう。最初に夢を思い描いたときと同じ場所だ。「あそこへ行きたい」と思ったとき、自分が立っていた場所なのである。「あそこへ」と思い続け、一歩一歩進んでいく、という夢を見た。その夢を見られたことが、「幸せに生きる」ということだったのである。

99 さて、仕事は今後どうしようかな……、とこんなときにしか考えない。

作家の仕事を減らす努力をずっと続けてきた。その甲斐あって、良い状態になりつつある。今回、この本も一カ月間かけて書いたから、毎日三十分程度しか仕事をしなかった。芝生の水やりと同じくらいである。工作だと、旋盤を回していれば三十分なんて、あっという間に過ぎてしまうけれど、文章を書く仕事は、それに比べるとリラックスできる。

この十年間は、新書を沢山書いた。もう打ち止めかな、と感じている。今年出たのが二十一作めで、これらは合計で百万部ほど売れた。まああの手応えだったかと思う。

小説も、シリーズが終わったものが多く、もう残り僅かだろう、と読者も思ってくれているようだ。そのとおり、残り僅かです。

今は、一年に小説は二作というペースになりつつあって、この程度だったら、全然苦にならないだろう。現在「子供の科学」の連載を抱えているけれど、これももうちょっとで終わる。四十カ月の連載だったから、それなりの仕事量になった。庭園鉄道関係の出版も、これで打ち止め。ということは、庭園鉄道のブログもそろそろ終了かな。店仕舞いには、良い頃合いといえる。だいぶまえから予告していたから、混乱はないはずだ。

仕事から離れたことで、本当にストレスがなくなった。仕事の中にいるときには、ストレスに気づかない。むしろ、やり甲斐とか手応えを感じて、それなりの達成感もある。ところが、少し離れて振り返ってみると、つまらないことに時間と労力を使って、しかも神経を擦り減らしていたことがわかる。だから、あんなに調子が悪かった、苛立っていたのだな、と理解できる。そういうことに気づくだけでも、やめた価値はあるというもの。

なにか、一角《ひとかど》の人物になったような幻想を抱いていたのかもしれない。たぶん、多くの人たちがそうなのだろう。自分の仕事に誇りを持って、社会に貢献した、と胸を張りたいのだ。もちろん、なにもしなくても、いつでも胸は張れる。仕事をしても、しなくても、人間の尊厳には影響しない。ときどき、その理屈を反芻《はんすう》した方が良いだろう。

犬を連れて森の中を歩いていると、凸凹道で足を取られ、滑ったり、足首を捻挫しそうになるけれど、そういえば、今まではアスファルトの平面ばかり歩いていたな、と思い到る。森の中の道は凸凹だけれど、人間が作った道である。舗装されていないのは、車で通ることを想定していないだけだ。車が通る道しか歩かない人間が、最近多いのではないか。人生というのは、車が生きる道ではない。他者が作った道でもない。ときどき「これからどうしようかな」と考えながら、前を向き、後ろを振り返り、歩く自分の道だ。

100 三月に書くより五月に書く方が、なにかしら明るくて抽象的になっているかも。

この百のショート・エッセイ集は、例年は二月か三月に一週間くらいで書いてきた。昨年、初めて六月に書いた。発行の半年まえだと、わりと世の中の話題に近いものが書ける。それもあって、今回は五月に書いた。緊急事態宣言が出て、日本中がオリンピックに反対している時期である。ウィルス騒動は続いているし、株も暴落していない。

書斎の窓の外は、新緑のパノラマになった。つい一週間ほどまえに葉が出始め、たちまち深い森になった。地面は苔《こけ》が広がり、そうではないところは芝生だから、やはり緑一色である。まだ、木漏れ日が比較的大きい。夏になると、もっと細かくなるのだ。

今日も、庭園鉄道を一時間くらい運転した。クラシックカーのドライブも一時間くらいできた。犬の散歩もしたし、芝生の肥料も撒いたし、枯枝と花殻《はながら》を燃やしたし、エンジンを回してキャブレタの調整もできた。アイスクリームも食べた。三月から体重が減っていて、九キロも軽くなった。血圧は一二〇の七〇。今は、四冊の本を読んでいて、科学一般、物理学、経済学、そして歴史。ネットで発注した品物は七つかな（平均的）。

寒い季節よりも、暖かい季節の方が、なんとなく開放感があって、気持ちが晴れやかな気がする。そうなると、細かいことがどうでも良くなって、少し遠くを眺めたくなり、考えることが抽象的になりやすい。具体的なものから離れようとするのは、まるでこの世を離脱して天国へ昇るような感覚だ。飛行機も垂直上昇すると、眩しくて、シートに躰が押しつけられ、息を止めることになる。どこまでも上れるわけではない。どこかで無重力になって、ふわっとした体感のあと、ダイブする。そういう思考を繰り返す。

書き留めておきたいことはない。そもそも書きたくない。それなのに、指が動いて文字がモニタに現れる。その横では、動画が常に映し出され、そちらもちらちらと見ながら執筆する習慣だ。音楽も聴いているし、窓の外で鳥やリスが動くと、視線はそちらへ向く。

今は夕方。横から日差しが当たり、樹の幹のエッジが輝いて綺麗だ。僕は一日一食だから、夕方は少し空腹になる。五時から六時は、ソファに寝転がり、ぼんやりと考えごとをしたり、寝たりする。そのあとが夕食。毎日同じだ。そういえば、今日は日曜日だが、曜日というものは今の生活には無関係。違いは、出版社からメールが来ないだけ。

一週間は無意味なのに、一年は大いに関係がある。自然は一年でサイクルする。今は植物が繁殖期で鬩《せめ》ぎ合っている。人間たちもバブルで鬩ぎ合う。何を取り合っているのだろう、と眺める。「いいね」を取り合っているのかな？「悪くない」はいらない？

森式非常識で知識や士気から解放されたら、人生は素晴らしき四季

清涼院流水（作家・英訳者）

森博嗣氏は、１９９６年４月、『すべてがＦになる』で第１回メフィスト賞を受賞し、「鮮烈に」作家デビューしました（86ページ参照）。より正確に言うなら、森氏という巨大な才能を発見した講談社が、氏をデビューさせるために新たに創設したのがメフィスト賞だったのです。洋の東西を問わず、新人賞を受賞してデビューする作家は星の数ほどいますが、デビューするために新人賞を出版社につくらせてしまった作家は、地球上に森氏しか存在しないのではないでしょうか。そんな森氏の次に第２回メフィスト賞を受賞したのが、筆者・清涼院流水です。筆者の第１作『コズミック』が刊行されたのは１９９６年９月なので、本書『追懐のコヨーテ』が出る２０２１年は、われわれふたりが作家デビュー25周年を迎えた大きな節目ということになります。そういうタイミングで筆者がこの解説を書かせていただけるという巡り合わせは、まるで森氏からの小粋なプレゼントのようでもありますが、「そうでしたか。解説を依頼した時には、まったく意識していませんでし

た」と返されてしまいそうな「外連味《けれんみ》のなさ」（66ページ参照）こそ、森氏の持ち味です。

今や350冊を超える森氏の膨大な著作群に対して、ほぼ同じ長さのキャリアの筆者の著作は、今年ようやく80冊。自分が運営する電子書籍レーベル「The BBB」から筆者が著者・英訳者・編集者として刊行した200作品を合計したとしても、なお森氏には遠く及びません。読者は「森博嗣と比べると、この清涼院流水という奴は、しょぼいな」と思われるでしょうが、その通りです。一時代にひとりクラスの大天才である森氏に対して、ただの変人に過ぎない筆者が紙の本80冊、電子書籍200作品も刊行することができたのは自分にとっては奇跡のような幸運で、森氏の活動によって実力以上の高みにまで引き上げていただけたおかげなのです。そうしたお恵みをいただいたのは筆者だけではありません。森氏に続くメフィスト賞作家は今や60人以上を数え、その中から、ミリオンセラー作家（第4回受賞者の乾くるみさん）や直木賞作家（第31回受賞者の辻村深月さん）も含めて多くの人気作家たちが誕生し続け今も活躍しているのは、トップランナーの森氏が四半世紀も最前線で旺盛な執筆活動を続けてくださっているからこそ、です。もし仮に、第1回メフィスト賞受賞者が2～3作だけ発表して消えてしまう凡庸《ぼんよう》な作家であったなら、第2回の筆者も、それに続く60数人の作家も、存在すらしていなかったかもしれません。森氏は、自身の創作活動だけでも日本出版界に大きな風穴を開け新風を吹き込み続けてきましたが、さらに、後続のメフィスト賞作家たちがこの四半世紀のあいだに読者に与え続けてきたインパクトは、特筆に値するでしょう。森氏の起こしたメフィスト賞という革命によって、日本出版界の歴史が変わったのです。この事実を否定できる人はいません。

そのように、並び立つ者のいないほど巨大な成功を森氏がおさめられたのは、「彼は天才だったから」のひとことで片づけられる話ではありません。森氏は今でこそ1日に平均30分しか仕事をしない優雅な生活を送られていますが（44ページ参照）、当然ながら社会人の最初からそうだったわけではないのです。若い読者が「森博嗣先生は1日に30分しか仕事しないのに成功しているから、自分もそのマネをしよう」という決断をしたら、あとで確実に後悔することになるでしょう。成功者が語る方法を、ただマネすれば良い、という話ではないのです（48ページ参照）。現在の森氏は、自宅の庭園鉄道をほぼ毎日運行し、愛犬たちと乗車するというファンタジーのように素敵な日々を送られていますが（201ページ参照）、若い頃は、やりたいことが多すぎてストレスで体調を崩しつつも、寝るのも惜しんでいろんなことに挑戦されていたと本書には記されています（159ページ参照）。そのような試行錯誤の末に身につけた幅広い知識ゆえに、森氏は成功できたのでしょうか？　そうした一面があるとしても、該博《がいはく》な知識だけが森氏の成功の理由ではありません。かつては博識な人が「ウォーキング・ディクショナリー」などと尊敬されていた時代もありましたが、図書館がスマホの中にあるかのような現代社会（174ページ参照）においては、個人がおぼえている知識を駆使するだけでは、他人と差をつけられないでしょう。たいていの知識は、スマホで調べれば一瞬で出てきます。スマホを持っていない記憶の達人より、スマホを使う一般人のほうが多くの情報を扱える世の中になり、過去に戻ることはありません。そもそも、徹底した個人主義を貫く森氏（70ページ参照）には、他人と差をつける意識などなかったはずです。森氏にとっては士気（やる気）も物事の実行において大して重要でなく（26ページ参照）、調子の良し悪しに左右されることもなく（164ページ参照）、全力を尽くしたことは1度もなく（35ページ参照）、情熱を持ったこともないそうです（172ページ参照）。そのような森氏の特性を列挙すると少し冷たい感じもしますが、一方で、諦めたことがないという資質（196ページ参照）や、「私の考え」は考えたわけではなく単なる選択である（56ページ参照）とする指摘に森氏の成功の秘密を垣間見ることができる、というのが私の考えです。

小説においてもエッセイにおいても森作品が鮮烈な独自性を打ち出すことに成功しているのは、作品を生み出す発想が独自のものだからで、その発想は、森氏の日々の思考に支えられています。そうした森氏の思考や思索に触れられる意味で、このシリーズの価値は非常に高いです。森氏独自の考え方は、世間の常識の正反対で、一般的には「非常識」とされてもおかしくない発想が多くあります。いくつか例を挙げるなら、元気が良いのと大声で騒ぐのは違う（22ページ参照）、仕事をしているから偉いわけではない（28ページ参照）、金儲けしたいけど感染が怖いのは「複雑」ではなく「単純」な気持ち（52ページ参照）、仕事は「罰ゲーム」（64ページ参照）……など、「なるほど、確かにその通りだ」と納得させられたのは筆者だけではないはずです。

森氏の「的を射る言葉」は、その舌鋒《ぜっぽう》の鋭さゆえに、本当のことを指摘されて怒る人も中にはいるかもしれません。人がだれかになにかを指摘されて怒るのは、たいがい図星だった時です。たとえば髭《ひげ》を綺麗に剃っている男性が他人から「チョビ髭野郎！」と呼ばれても、「髭なんて生やしてないぞ」と笑って終わりです。そう言われて怒るのは、本当にチョビ髭を外見上の特徴にし、しかもそれを自分では気に入っている人でしょう。

ずいぶん前に読んだ文章なので正確な出典は指摘できませんが、森氏はかつて、「読む人の心を動かせないなら、文章を書いて報酬を得る資格はない」といったことを書かれていました。その点を常に意識されているからこそ森氏の文章はいつも鋭く、スリリングで刺激に満ちているのです。

——と、ここまで、もっともらしい駄文を書き連ねてきましたが、森氏からすれば、筆者のこの解説について、「ああ、やっぱりそこを誤解したのだな」と、苦笑いされるところも多々あると思います。ですが、本書で書かれているように、作家は誤解を招くのが仕事（120ページ参照）なので、きっと大目に見てくださることでしょう。

最後に、せっかく森氏と筆者が作家デビュー25周年を迎えた年に刊行される記念すべき本なので、本書のタイトルになぞらえて、追懐めいたことも少し書いておこうと思います。森氏と筆者の年齢は17離れていますので、われわれがデビューした1996年、筆者はこう夢想したことを、はっきりとおぼえています。

「今から17年後――現在の森氏の年齢になる時、自分は、なにをしているだろう？」

厳しい競争社会で17年も作家として生き残れる保証などありませんでしたし、そもそも生きているかどうかさえわかりませんでした（実際、それまでにこの世を去った同い年の友人もいました）。森氏と違って順風満帆とはいかなかったものの、どうにか泥臭くあがき続けて生き延びた17年後の2013年――、そこで森氏と筆者を待っていた現実は、驚くべきものでした。紆余曲折を経て、筆者が森氏の小説作品を順番に英訳させていただけるようになったのが、まさに、デビューから17年が経過した2013年だったのです。

それから現在まで8年が過ぎるあいだ、森氏の多彩な短編群から7作を筆者が厳選して英訳した英語版オリジナル短編集『セブン・ストーリーズ』が完成したのに続いて、今では筆者は森氏の代表作『スカイ・クロラ』シリーズの長編5作品も英訳し終えて全世界の電子書店で販売しており、それらの作品は現在、30ヵ国以上で日々ダウンロードされ続けています。そして、森氏の英語版短編集の2作目『スカイ・イクリプス』を2022年2月に刊行したら、その次に森氏の伝説のデビュー作『すべてがFになる』を英訳させていただけることが、この解説を書いている2021年9月に決まりました。合理的な森氏は運命のように非論理的な概念は信じないでしょうが、元々、運命論者でもあることが高じてクリスチャン（カトリック信徒）にまでなってしまった筆者にとっては、このような巡り合わせこそ、まさに運命と呼ぶに値する神様のお導きではないかと思っています。

森氏と筆者のスタートラインは、ほぼ同じでしたが、森氏はロケット・スタートでたちまち日本を代表するベストセラー作家となられたので、その背中はいったん遠くに見えなくなり、消えました。ですが、どうやらこの競技のトラックは円形らしく周回遅れの筆者と森氏が横並びになる瞬間は今も定期的に訪れますので、気がつけば、四半世紀も共に歩んでこられました。筆者個人的には、森氏との絆は今では親兄弟や夫婦より強いのではないかとさえ勝手に思い込んでいますが（奥様スバル氏にお詫びせねば……）、そんなことを書くと、「錯覚でしょう」と森氏に笑われてしまいそうです。敬愛する森氏について書きたいことは尽きないですが、なにしろ清涼院流水だけに、やはり最後は書き残したことを「水に流す」潔さで（213ページ参照）、断腸の思いで（122ページ参照）、本稿を終えたいと思います。このような貴重な機会を与えてくださった森博嗣さんと、最後まで読んでくださった読者のあなたに感謝します。では、さようなら（１７９ページ参照）。

森博嗣著作リスト

（二〇二一年十二月現在、講談社刊。＊は講談社文庫に収録予定）

◎S&Mシリーズ

すべてがFになる／冷たい密室と博士たち／笑わない数学者／詩的私的ジャック／封印再度／幻惑の死と使途／夏のレプリカ／今はもうない／数奇にして模型／有限と微小のパン

◎Vシリーズ

黒猫の三角／人形式モナリザ／月は幽咽のデバイス／夢・出逢い・魔性／魔剣天翔／恋恋蓮歩の演習／六人の超音波科学者／捩れ屋敷の利鈍／朽ちる散る落ちる／赤緑黒白

◎四季シリーズ

四季　春／四季　夏／四季　秋／四季　冬

◎Gシリーズ

φ《ファイ》は壊れたね／θ《シータ》は遊んでくれたよ／τ《タウ》になるまで待って／ε《イプシロン》に誓って／λ《ラムダ》に歯がない／

η《イータ》なのに夢のよう／目薬α《アルファ》で殺菌します／ジグβ《ベータ》は神ですか／キウイγ《ガンマ》は時計仕掛け／χ《カイ》の悲劇／ψ《プサイ》の悲劇

◎Xシリーズ

イナイ×イナイ／キラレ×キラレ／タカイ×タカイ／ムカシ×ムカシ／サイタ×サイタ／ダマシ×ダマシ

◎百年シリーズ

女王の百年密室／迷宮百年の睡魔／赤目姫の潮解

◎ヴォイド・シェイパシリーズ

ヴォイド・シェイパ／ブラッド・スクーパ／スカル・ブレーカ／フォグ・ハイダ／マインド・クァンチャ

◎Wシリーズ（講談社タイガ）

彼女は一人で歩くのか？／魔法の色を知っているか？／風は青海を渡るのか？／デボラ、

眠っているのか？／私たちは生きているのか？／青白く輝く月を見たか？／ペガサスの解は虚栄か？／血か、死か、無か？／天空の矢はどこへ？／人間のように泣いたのか？

◎WWシリーズ（講談社タイガ）

それでもデミアンは一人なのか？／神はいつ問われるのか？／キャサリンはどのように子供を産んだのか？／幽霊を創出したのは誰か？／君たちは絶滅危惧種なのか？

◎短編集

まどろみ消去／地球儀のスライス／今夜はパラシュート博物館へ／虚空の逆マトリクス／レタス・フライ／僕は秋子に借りがある　森博嗣自選短編集／どちらかが魔女　森博嗣シリーズ短編集

◎シリーズ外の小説

そして二人だけになった／探偵伯爵と僕／奥様はネットワーカ／カクレカラクリ／ゾラ・一撃・さようなら／銀河不動産の超越／喜嶋先生の静かな世界／トーマの心臓／実験的経験／馬鹿と嘘の弓（＊）／歌の終わりは海（＊）

◎クリームシリーズ（エッセイ）

つぶやきのクリーム／つぼやきのテリーヌ／つぼねのカトリーヌ／ツンドラモンスーン／つぼみ茸ムース／つぶさにミルフィーユ／月夜のサラサーテ／つんつんブラザーズ／ツベルクリンムーチョ／**追懐のコヨーテ**（本書）

◎その他

森博嗣のミステリィ工作室／１００人の森博嗣／アイソパラメトリック／悪戯王子と猫の物語（ささきすばる氏との共著）／悠悠おもちゃライフ／人間は考えるＦになる（土屋賢二氏との共著）／君の夢　僕の思考／議論の余地しかない／的を射る言葉／森博嗣の半熟セミナ　博士、質問があります！／ＤＯＧ＆ＤＯＬＬ／ＴＲＵＣＫ＆ＴＲＯＬＬ／森籠もりの日々／森には森の風が吹く／森遊びの日々／森語りの日々／森心地の日々／森メトリィの日々

☆詳しくは、ホームページ「森博嗣の浮遊工作室」を参照
(https://www.ne.jp/asahi/beat/non/mori/)
（２０２０年11月より、ＵＲＬが新しくなりました）

本書は文庫書下ろしです。

|著者| 森 博嗣　作家、工学博士。1957年12月生まれ。名古屋大学工学部助教授として勤務するかたわら、1996年に『すべてがFになる』(講談社)で第1回メフィスト賞を受賞しデビュー。以後、続々と作品を発表し、人気を博している。小説に「スカイ・クロラ」シリーズ、「ヴォイド・シェイパ」シリーズ(ともに中央公論新社)、『相田家のグッドバイ』(幻冬舎)、『喜嶋先生の静かな世界』(講談社)など。小説のほかに、『自由をつくる 自在に生きる』(集英社新書)、『孤独の価値』(幻冬舎新書)などの多数の著作がある。2010年には、Amazon.co.jpの10周年記念で殿堂入り著者に選ばれた。ホームページは、「森博嗣の浮遊工作室」(https://www.ne.jp/asahi/beat/non/mori/)。

追懐《ついかい》のコヨーテ　The cream of the notes 10
森《もり》 博嗣《ひろし》

講談社文庫
定価はカバーに
表示してあります

2021年12月15日第1刷発行

KODANSHA

発行者——鈴木章一
発行所——株式会社 講談社
東京都文京区音羽2-12-21　〒112-8001
電話 出版 (03) 5395-3510
　　 販売 (03) 5395-5817
　　 業務 (03) 5395-3615
Printed in Japan

デザイン—菊地信義
本文データ制作—講談社デジタル製作
印刷———大日本印刷株式会社
製本———大日本印刷株式会社

ISBN978-4-06-524969-7

講談社文庫刊行の辞

二十一世紀の到来を目睫に望みながら、われわれはいま、人類史上かつて例を見ない巨大な転換期をむかえようとしている。

世界も、日本も、激動の予兆に対する期待とおののきを内に蔵して、未知の時代に歩み入ろうとしている。このときにあたり、創業の人野間清治の「ナショナル・エデュケイター」への志を現代に甦らせようと意図して、われわれはここに古今の文芸作品はいうまでもなく、ひろく人文・社会・自然の諸科学から東西の名著を網羅する、新しい綜合文庫の発刊を決意した。

激動の転換期はまた断絶の時代である。われわれは戦後二十五年間の出版文化のありかたへの深い反省をこめて、この断絶の時代にあえて人間的な持続を求めようとする。いたずらに浮薄な商業主義のあだ花を追い求めることなく、長期にわたって良書に生命をあたえようとつとめるところにしか、今後の出版文化の真の繁栄はあり得ないと信じるからである。

同時にわれわれはこの綜合文庫の刊行を通じて、人文・社会・自然の諸科学が、結局人間の学にほかならないことを立証しようと願っている。かつて知識とは、「汝自身を知る」ことにつきていた。現代社会の瑣末な情報の氾濫のなかから、力強い知識の源泉を掘り起し、技術文明のただなかに、生きた人間の姿を復活させること。それこそわれわれの切なる希求である。

われわれは権威に盲従せず、俗流に媚びることなく、渾然一体となって日本の「草の根」をかたちづくる若く新しい世代の人々に、心をこめてこの新しい綜合文庫をおくり届けたい。それは知識の泉であるとともに感受性のふるさとであり、もっとも有機的に組織され、社会に開かれた万人のための大学をめざしている。大方の支援と協力を衷心より切望してやまない。

一九七一年七月

野間省一

講談社文芸文庫

古井由吉

東京物語考

解説=松浦寿輝　年譜=著者、編集部

徳田秋聲、正宗白鳥、葛西善藏、宇野浩二、嘉村礒多、永井荷風、谷崎潤一郎ら先人たちが描いた「東京物語」の系譜を訪ね、現代人の出自をたどる名篇エッセイ。

ふA13
978-4-06-523134-0

古井由吉／佐伯一麦

往復書簡

『遠くからの声』『言葉の兆し』

解説=富岡幸一郎

二十世紀末、時代の相について語り合った二人の作家が、東日本大震災後にふたたび歴史、自然、記憶をめぐって言葉を交わす。魔術的とさえいえる書簡のやりとり。

ふA14
978-4-06-526358-7

講談社文庫　目録

睦月影郎　密通妻
睦月影郎　快楽のリベンジ
睦月影郎　快楽ハラスメント
睦月影郎　快楽アクアリウム
向井万起男　渡る世間は「数字」だらけ
村田沙耶香　授乳
村田沙耶香　マウス
村田沙耶香　星が吸う水
村田沙耶香　殺人出産
村瀬秀信　気がつけばチェーン店ばかりでメシを食べている
村瀬秀信　それでも気がつけばチェーン店ばかりでメシを食べている
虫眼鏡　東海オンエアの動画が6.4倍楽しくなる本〈虫眼鏡の概要欄 クロニクル〉
室積光　ツボ押しの達人
室積光　ツボ押しの達人 下山編
森村誠一　悪道
森村誠一　悪道 西国謀反
森村誠一　悪道 御三家の刺客
森村誠一　悪道 五右衛門の復讐
森村誠一　悪道 最後の密命
森村誠一　ねこの証明
毛利恒之　月光の夏
森博嗣　すべてがFになる〈THE PERFECT INSIDER〉
森博嗣　冷たい密室と博士たち〈DOCTORS IN ISOLATED ROOM〉
森博嗣　笑わない数学者〈MATHEMATICAL GOODBYE〉
森博嗣　詩的私的ジャック〈JACK THE POETICAL PRIVATE〉
森博嗣　封印再度〈WHO INSIDE〉
森博嗣　幻惑の死と使途〈ILLUSION ACTS LIKE MAGIC〉
森博嗣　夏のレプリカ〈REPLACEABLE SUMMER〉
森博嗣　今はもうない〈SWITCH BACK〉
森博嗣　数奇にして模型〈NUMERICAL MODELS〉
森博嗣　有限と微小のパン〈THE PERFECT OUTSIDER〉
森博嗣　黒猫の三角〈Delta in the Darkness〉
森博嗣　人形式モナリザ〈Shape of Things Human〉
森博嗣　月は幽咽のデバイス〈The Sound Walks When the Moon Talks〉
森博嗣　夢・出逢い・魔性〈You May Die in My Show〉
森博嗣　魔剣天翔〈Cockpit on knife Edge〉
森博嗣　恋恋蓮歩の演習〈A Sea of Deceits〉
森博嗣　六人の超音波科学者〈Six Supersonic Scientists〉
森博嗣　捩れ屋敷の利鈍〈The Riddle in Torsional Nest〉
森博嗣　朽ちる散る落ちる〈Rot off and Drop away〉
森博嗣　赤緑黒白〈Red Green Black and White〉
森博嗣　四季 春～冬
森博嗣　φ《ファイ》は壊れたね〈PATH CONNECTED φ BROKE〉
森博嗣　θ《シータ》は遊んでくれたよ〈ANOTHER PLAYMATE θ〉
森博嗣　τ《タウ》になるまで待って〈PLEASE STAY UNTIL τ〉
森博嗣　ε《イプシロン》に誓って〈SWEARING ON SOLEMN ε〉
森博嗣　λ《ラムダ》に歯がない〈λ HAS NO TEETH〉
森博嗣　η《イータ》なのに夢のよう〈DREAMILY IN SPITE OF η〉
森博嗣　目薬α《アルファ》で殺菌します〈DISINFECTANT α FOR THE EYES〉
森博嗣　ジグβ《ベータ》は神ですか〈JIG β KNOWS HEAVEN〉
森博嗣　キウイγ《ガンマ》は時計仕掛け〈KIWI γ IN CLOCKWORK〉
森博嗣　χ《カイ》の悲劇〈THE TRAGEDY OF χ〉
森博嗣　ψ《プサイ》の悲劇〈THE TRAGEDY OF ψ〉
森博嗣　イナイ×イナイ〈PEEKABOO〉
森博嗣　キラレ×キラレ〈CUTTHROAT〉
森博嗣　タカイ×タカイ〈CRUCIFIXION〉
森博嗣　ムカシ×ムカシ〈REMINISCENCE〉

2021年 9月15日現在